Die schönsten Märchen aus Afrika

Die schönsten Märchen aus Afrika

RECLAM

2021 Philipp Reclam jun. Verlag GmbH,
Siemensstraße 32, 71254 Ditzingen
Umschlaggestaltung: zero-media.net
Muster und Goldstruktur: FinePic®
Druck und buchbinderische Verarbeitung:
CPI books GmbH, Birkstraße 10, 25917 Leck
Printed in Germany 2021
RECLAM ist eine eingetragene Marken
der Philipp Reclam jun. GmbH & Co. KG, Stuttgart
ISBN 978-3-15-011364-6
www.reclam.de

FSC www.fsc.org
MIX
Papier aus verantwortungsvollen Quellen
FSC® C083411

Inhalt

Es war einmal vor langer Zeit . . .

Von Krokodilmännern und Waldgeistern – Zentralafrikanische Märchen

Den Weg verlieren heißt den Weg kennenlernen.

Redensart

Die Erzählung von Ngurangurane, dem Krokodilmann

Äquatorialguinea

Vor langer Zeit lebte ein großer Zauberer, Ngurangurane geheißen, der Krokodilmann. Hier wird erzählt, wie er geboren wurde; das ist die erste Sache. Was er tat und wie er starb, das ist die zweite Sache. All seine Taten zu erzählen, das ist unmöglich; und auch, wer könnte ihrer sich erinnern. –

Damals wohnten die Fang am Ufer eines großen Flusses, so breit, dass man nicht das andere Ufer sehen konnte. Sie fischten am Ufer, sie gingen nicht auf den Fluss. Keiner hatte sie gelehrt, Boote auszuhöhlen. Ngurangurane hat sie das gelehrt.

Im Fluss lebte ein ungeheures Krokodil. Die Kraft dieses Tieres war wunderbar. Sein Kopf war länger als die Hütte, seine Augen größer als ein ganzes Zicklein, seine Zähne rissen einen Menschen in zwei Stücke, seine Schuppen machten einen Menschen gegen die stärkste Lanze unverwundbar. Es war ein schreckliches Tier; dies hatte den Fang also befohlen:

»Jeden Tag sollt ihr mir einen Sklaven zu essen geben; den einen Tag einen Mann, den anderen eine Frau, und an jedem Neumond ein Mädchen, sorgfältig rot gemalt, leuchtend vom Fett und rotem Puder. Wenn ihr dies tut, sollt ihr in Frieden leben, wenn nicht, wird großes Unglück euch heimsuchen.« Die erschreckten Menschen schwiegen, und den anderen Tag brachte man dem Krokodil das geforderte Opfer. Den einen Tag einen Mann, den anderen Tag eine

Frau, und an jedem Neumond ein Mädchen, glänzend von Öl und rot gepudert. Der Name des Krokodils war Ombure. Die Wasser gehorchten Ombure. Die Wälder gehorchten Ombure. Er war Herr des Waldes, er war Herr des Wassers. Zweimal versuchten die Fang, sich dem von Ombure auferlegten Tribut zu entziehen und verließen das Land, darin sie wohnten. Eines Tages versammelte der große Häuptling alle Häuptlinge in seinem Haus. Er sprach lange; lange nach ihm sprachen die anderen. Da der Palaver beendet war, sprach der große Häuptling: »Also ist die Frage des Aufbruchs geregelt. Wir werden weit ziehen, weit von hier, jenseits der Berge. Wenn wir weit sein werden, vom Fluss, weit entfernt von hier, wird Ombure uns nicht erreichen können.« Alle antworteten: »Wir wollen gehen; wenn wir weit sein werden, sehr weit vom Fluss, kann Ombure uns nicht erreichen; wir werden glücklich sein.« Also ward beschlossen, die Pflanzungen nicht zu erneuern, und dass der ganze Stamm zu Ende der Regenzeit die Flussufer verlasse.

So wurde getan. Zu Beginn der trockenen Jahreszeit, wenn die Flüsse vertrocknet und sich gut reisen lässt, setzt der Stamm sich in Marsch. Am ersten Tag ging es rasch, rasch; so rasch, wie man gehen konnte. Jeder Mann trieb seine Frauen an; die Frauen eilten schweigend, gebückt unter der Last der Vorräte und Werkzeuge; man trug alles mit, Töpfe, Geschirr, Körbe, alles, alles. Jede Frau hatte ihre Last. Der große Häuptling war an der Spitze, um zu führen. Den ersten Tag schauten viele hinter sich und glaubten, das Krokodil zu hören; aber sie hörten es nicht. Am zweiten Tag war der Marsch der gleiche; aber man hörte nichts; am dritten Tage war der Marsch der gleiche; man hörte nichts.

Am dritten Tage steigt das Krokodil wie gewöhnlich aus dem Wasser und kommt zu dem Platz, wohin man sein

Opfer brachte. Nichts. »Was ist das?« Sofort geht es zum Dorf. Er hört kein Geräusch, er tritt ein. Alle Hütten sind verlassen. Er geht zu den Pflanzungen, alle Pflanzungen sind verlassen. Er durchläuft alle Dörfer, alle Dörfer sind verlassen, er durchläuft alle Pflanzungen, alle Pflanzungen sind verlassen.

Ombure gerät in schrecklichen Zorn und taucht in den Fluss zurück, seine Fetische zu befragen. Er singt:

Die ihr den Wassern befehlt,
Die ihr den Wäldern befehlt.
Die ihr alle mir gehorcht, ich rufe euch.
Kommt, kommt auf den Ruf eures Herrn,
Antwortet gleich.
Ich will den Blitz schicken, den Donner schicken,
der murrt.
Den Regen, der aus den Wolken fällt,
Den Sturm, der die Bananenbäume ausreißt,
Alle werden der Stimme ihres Herrn antworten.
Ihr alle, die ihr mir gehorcht, sagt mir den Weg,
den Weg, den die Flüchtigen nahmen.

Nachdem Ombure seine Fetische befragt hatte, kannte er den Weg, den die Flüchtlinge genommen hatten. Vergebens hatten diese ihre Spuren verheimlicht. Ombure kannte ihren Weg. Wer hatte es ihn gelehrt? Der Regen, der Wind, der Sturm hatten es ihm gesagt; der Donner, der Blitz, der Wald hatten es ihn gelehrt.

Die Fang setzten ihren Marsch fort, lange, lange. Sie überschritten die Berge, und der große Häuptling befragte seinen Fetisch. »Sollen wir hier halten?« Der Fetisch, der Ombure gehorchte – doch dies wusste der Häuptling nicht –, der Fetisch antwortete: »Nein, du wirst nicht hier halten.« Sie durchschritten die Täler, und der große Häuptling fragte seinen Fetisch: »Werden wir hier halten?« Der Fetisch, der Ombure gehorchte, aber dies konnte der Häuptling nicht wissen, antwortete: »Nein, du wirst hier nicht halten, das ist kein guter Platz.« Sie durchschritten die Ebene, und da sie durchschritten war und man den großen Wald gefunden hatte, den Wald, der nicht endet, befragte der große Häuptling wiederum seinen Fetisch: »Sollen wir hier halten?« Und der Fetisch antwortete noch einmal: »Weiter.« Endlich kamen sie in eine weite Ebene vor einen großen See, der jeden Durchgang verschloss, und der große Häuptling befragte seinen Fetisch: »Sollen wir hier halten?« Der Fetisch, der Ombure gehorchte, antwortete: »Hier bleibe.«

Die Fang waren viele Tage und viele Monde gewandert. Die kleinen Kinder waren groß geworden, die Jünglinge waren junge Krieger geworden und die jungen Krieger reife Männer. Sie waren viel Tage und viel Monde gewandert. Sie hielten am Seeufer. Man errichtete neue Dörfer, Pflanzungen wurden angelegt. Da alles bereit war, vereinigte der Häuptling seine Männer, um dem Dorf einen Namen zu geben, und man nannte es: »*Akurangan*, die Befreiung vom Krokodil.«

In der gleichen Nacht gegen Mitternacht hören sie großes Geräusch. Alle kommen heraus. Ombure war in der Mitte des Dorfes. Er war vor der Hütte des großen Häuptlings. Was tun? Wohin fliehen und sich verbergen? Keiner wusste es, und da der große Häuptling aus seiner Hütte hervorkam, um zu sehen, was geschehe, *Yu*, das war der erste Fang. Mit einem Biss brach ihn Ombure entzwei. »Hier hast du die Befreiung vom Krokodil«, sprach Ombure und ging zum

See zurück. Die zitternden Krieger wählten einen anderen Häuptling. Man nahm einen Sklaven und band ihn am Seeufer als Opfer fest. Ombure, da der Abend gekommen war, verschlingt seine Beute, dann dringt er ins Dorf und fordert gebieterisch einen anderen. »Jeden Tag«, sprach er, »gebt ihr mir zwei Opfer; einen Tag zwei Männer, den anderen Tag zwei Frauen, jeden Neumond zwei Mädchen. Wenn nicht, so werdet ihr untergehen. Ich bin Ombure, der König des Waldes, ich bin Ombure, der König des Wassers.«

So geschah es lange Jahre hindurch. Jeden Tag erhielt Ombure zwei Opfer, einen Tag zwei Männer, einen anderen Tag zwei Frauen, und jeden Neumond zwei Mädchen. Um dem Blutopfer zu genügen, führten die Fang überall Krieg und waren Sieger; denn das große Krokodil schützte sie. Sie wurden große Krieger.

Nach langen Jahren vergaßen die Fang Wanderung und Unglück, das dieser gefolgt war. Sie waren des von Ombure auferlegten Tributs müde geworden, wollten sich empören und fliehen.

Die Fang zogen zum Wald; dieser verschloss sich ihnen auf Ombures Befehl. Sie waren gezwungen, zum See zurückzukehren, und Ombure forderte nun jeden Tag zwei Mädchen als Opfer –

Jeden Tag führt man Ombure zwei Mädchen zu, zwei Mädchen, in Rot gemalt, leuchtend von Öl. Sie weinen und klagen des Abends. Am Morgen weinen und klagen sie nicht mehr, man hört sie nicht mehr. Sie wohnen auf dem Grund des Sees, in Ombures Höhle. Sie dienen ihm und bereiten seine Nahrung. Eines Tages geschah dies:

Das Mädchen, das des Abends an den See als Opfer gestellt wurde, war die Tochter des Häuptlings. Sie war jung, sie war schön. Abends wurde sie beim Seeufer festgebunden mit ihrer Gefährtin. Die Gefährtin kehrte nicht wieder, aber da der Tag erschien, war die Tochter des Häuptlings noch da. Ombure hatte sie verschont. Neun Monate danach gebar die Tochter des Häuptlings ein Kind, einen Knaben. Dieser Knabe war Ngurangurane. Ngurangurane ist der Sohn von Ombure, dem Krokodilhäuptling, und ist die erste Geschichte.

Der Tod des Krokodils

Äquatorialguinea

Ngurangurane, das Kind des Krokodils und der Häuptlingstochter, wuchs jeden Tag; aus dem Kind wird ein Jüngling, aus dem Jüngling wird ein junger Mann. Dann wird er der Häuptling seines Volkes. Er war ein mächtiger Häuptling und kundiger Zauberer. In seinem Herz stand großes Verlangen, den Tod des Häuptlings zu rächen, des Vaters seiner Mutter, sein Volk vom Tribut zu befreien, womit das Krokodil es bedrückt. Hier wird erzählt, was geschah.

Im Walde findet man einen Baum, das wisst ihr; den Baum nennt man Palme, so fließt der Saft, er fließt überreich. Wenn ihr ihn in ein Tongefäß verschließt und zwei bis drei Tage darinnen lasst, so habt ihr den Dzang, den Trunk, der das Herz erfreut. Das wissen wir jetzt, aber unsere Väter wussten es nicht. Ngurangurane hat es gefunden, und als erster trank das Krokodil den Dzang.

Wer hat ihn den Dzang gelehrt? Ngonomane, der Steinfetisch, den ihm seine Mutter gegeben hat. Ngurangurane tat also: »Bereitet«, sprach er zu den Frauen, »alle Tongefäße, die ihr besitzt, alle, und geht in den Wald, zum Tonbach, um noch andere zu fertigen.« Die Frauen taten so.

»Gehen wir in den Wald«, sprach er zu den Männern, »die Bäume zu schneiden, die ich euch zeigen werde.« Alle gingen mit Äxten und Messern. Sie schnitten die Bäume, die Ngurangurane ihnen zeigte. Dies waren Palmen. Da alle geschnitten waren, fing man den Saft auf, der überreich aus den Wunden, von der Axt geschlagen, floss. Die Gefäße wurden herbeigebracht; dies taten die Frauen; die alten Krüge und die neuen. Da alle da waren, füllten sie alle mit

Dzang. Die Frauen trugen sie alle in das Dorf. Alle Tage kostete Ngurangurane das Getränk. Die Männer wollten wie er tun, doch das verbot er ihnen durch ein großes Eki[1]. Ein Mann trank im Geheimen trotz des Verbots und der Kopf drehte sich ihm sofort. Ngurangurane tötete ihn mit einem Schlag, da er das Verbot überschritten und das Eki missachtet hatte.

Drei Tage später versammelte er seine Leute, die Männer und die Frauen, und sprach zu ihnen: »Jetzt ist Zeit; nehmt die Gefäße und kommt mit mir zum Seeufer.« Sie nahmen die Gefäße und gingen mit ihm. Da man am Seeufer war, befiehlt Ngurangurane seinen Leuten: »Schleppt alle Gefäße ans Ufer«; das taten sie. »Tragt die Erde, die ich euch suchen ließ, herbei«, und am Seeufer baute man aus frischer Erde zwei große Gruben. Sie wurden sorgsam mit den Füßen getreten, sorgsam mit den Daumen geglättet. Dann gießt man allen Dzang aus den Gefäßen in die beiden Gruben, jeden Tropfen. Die Gefäße wurden zerbrochen und in den See geworfen. Die beiden Opfer wurden bei den Gruben festgebunden; alle kehrten ins Dorf zurück. Ngurangurane bleibt allein und verbirgt sich bei den Gruben.

Zur gewohnten Stunde kommt das Krokodil aus dem Wasser hervor. Es geht auf die Gefangenen zu, die vor Schrecken zittern. »Was ist das«, sagte er, als er zu den Gruben kommt, »was ist das?« Er schmeckt ein wenig die Flüssigkeit, das Getränk erscheint ihm gut, und er schreit mit lauter Stimme: »Das ist gut, morgen werde ich den Fang befehlen, mir solches jeden Tag zu liefern.« Da er geendet hatte, sang er:

1 Tabu

Ich trank den Dzang, den Trank, der das Herz erfreut.
Ich trank den Dzang, mein Herz ist ergötzt, ich trank
den Dzang.
Der Häuptling, dem alle gehorchen, ich bin es, der große
Häuptling.
Ich bin es, Ngan, ich bin es, der Herr der Wasser, der
Herr der Wälder. Der Häuptling,
dem alle gehorchen, ich bin es, der große Häuptling.
Ich trank den Dzang, den Trank, der das Herz erfreut.

Er singt und schläft frohen Gemütes am Strande, ohne die Gefangenen zu bedenken.

Ngurangurane nähert sich dem schlafenden Ungeheuer mit einem starken Strick, unterstützt von den Gefangenen bindet er es an einen Pfahl. Dann schleudert er mit aller Gewalt seinen Wurfspieß, und trifft das stumme Tier. Die Lanze prallt von den dichten Schuppen zurück, ohne zu verwunden. Das Krokodil zuckt nur ein wenig und sagt im Schlaf: »Eine Mücke hat mich gestochen.« Ngurangurane nimmt seine starke Steinaxt, mit einem schrecklichen Schlag trifft er das eingeschlafene Tier. Die Axt prallt zurück, ohne das Ungeheuer zu verwunden. Die zwei Gefangenen flüchten erschrocken. Ngurangurane, der Herr des Donners, ruft den Blitz zu Hilfe. Der Blitz verweigert den Gehorsam. Er greift seinen Stein, den Stein von Ngurangurane, in seinem Namen befiehlt er dem Blitz, ihm zu helfen. Dieser gehorcht nun. Er trifft das Krokodil am Kopf und zwischen den Augen, das Krokodil fällt auf der Stelle vom Blitz geschlagen tot.

Ngurangurane eilt in das Dorf zurück. »Ihr alle, Leute des Dorfes«, spricht er, »kommt alle. Kommt zum Seeufer. Das Krokodil liegt tot da. Ich habe das Krokodil getötet. Ich habe den Häuptling unseres Volkes gerächt. Ich habe euch befreit. Ich, Ngurangurane.«

Alle waren glücklich, man tanzte um die Leiche den großen Krokodiltanz.

Akulenzame, der Mann mit dem Sack

Äquatorialguinea

Eines Tages ging eine junge Frau durch den Wald, die Früchte des Oba zu pflücken, Öl zu bereiten. Auf ihrem Weg, da sie ins Dorf mit einem Korb voll Früchte zurückging, traf sie Otutuma, den Geist der Wälder. Da sie in die Hütte zurückgekehrt war, brachte sie ihren erstgeborenen Sohn zur Welt. Der Vater, nachdem er ihn auf das Blatt einer Banane gesetzt hatte, anerkannte ihn als sein Kind und nannte ihn Akulenzame, das ist der Verrückte. Dieses ist die Geburt Akulenzamens.

Akulenzame wuchs auf wie die anderen Kinder des Dorfes, ohne dass Besonderes an ihm zu beachten war; wurde Jüngling und wollte heiraten. Da er klein und hässlich war, konnten ihn die jungen Mädchen nicht leiden, und keine wollte sich mit ihm einlassen, als er in den Dörfern umherwanderte und jene mit verschiedenen Geschenken bedachte, die eine oder die andere.

Im Dorfe verzweifelte die Mutter; denn sie war alt, ihre Arme ermüdeten rasch, es wurde ihr schwer und schwerer, den Forderungen Akulenzamens zu genügen und seinen Hunger zu stillen. Denn ich muss euch sagen, dieser Akulenzame aß ungeheuerlich. Trotz seiner kleinen Gestalt war, was zehn Menschen wie du und ich in zehn Tagen essen, für ihn kaum einen Tag genug. Wohin tat er denn diese Menge Speisen? Ihr glaubt, in seinen Mund. O nein, er steckte sie in seinen Sack, den er immer mit sich herumtrug. Seine Mutter machte ein Bündel, *kyo, kyo*, war es schon im Sack, ein anderes, *kyo, kyo*, war es schon im Sack, und so immer. Sobald ein Bündel bereitet war, öffnete sich der Sack, und wenn das Zeug darin steckte, forderte Akulenzame so eindringlich, machte solchen Lärm und drohte so schlimm, dass seine Mutter eilte, auf die Felder zu laufen und wieder zurückzukommen, von der Last ganz gebückt, um wieder neue Bündel zu bereiten. Die arme Frau ging richtig ein. Sie wurde mager und magerer, und ihre Brüste hingen wie leere Schläuche; es war wirklich eine schreckliche Sache, Akulenzame zum Sohn zu haben, einen solchen Vielfraß.

Eines Tages begegnete Akulenzame auf seinen Gängen einem rotgeschminkten Mädchen, mit Ketten und Perlen geziert. Er traf sie am Fluss, wo sie mit Sand ihre Kupferketten putzte. Sofort beschloss er, sie zu heiraten. Das war die Tochter eines großen Häuptlings.

Dieser Akulenzame hatte zwei eigentümliche Gewohnheiten. Zunächst den Sack, der ihm über die Schultern hing, ließ er um nichts in der Welt; nicht bei Tag, nicht bei Nacht. Niemals hängte er ihn an einen Haken, niemals erlaubte er einem Menschen, wer es auch sei, ihn zu öffnen oder auch nur ein Auge hineinzutun. »Eki[1]«, sagte er, »das ist verboten, das ist heilig.« Noch eine andere Gewohnheit hatte er. Wenn in dem Dorf oder in dem Nachbardorf jemand starb, ein junger Mensch, der als Krieger oder Jäger berühmt war, eine junge Frau, die wegen ihres Fleißes oder ihrer Körperschaft bekannt war, versäumte Akulenzame niemals, sich in die Hütte zu begeben, der Trauerfeier beizuwohnen und den Totentanz zu begehen. Warum er dies tat, wusste niemand, und er hütete sich, es zu sagen. Grund war: Er hatte von seinem Vater, dem Waldgeist, gelernt,

1 Tabu

sich der Seelen der Toten zu bemächtigen. Wenn eine Seele den Körper verließ, lief Akulenzame herbei, und während die Seele unsichtbar den Körper umlief, den sie soeben verlassen, und noch ungeschickt war, sich der wiedergewonnenen Freiheit zu bedienen, fing Akulenzame sie ein und setzte sie rasch und tief in den Sack; denn sie vermochte nicht zu entkommen, da sie durch die Kraft des Fetischs gebunden war. Hierzu bedurfte Akulenzame so vieler Bündel, er musste die Seelen gut nähren.

Also traf Akulenzame eines Tages auf seinem Wege ein junges, rotgeschminktes Mädchen, ganz mit Halsketten und Perlen geziert. Er traf sie am Fluss, wo sie ihre Kupferketten mit Sand rieb. Gleich war er entschlossen, sie zu heiraten. Akulenzame ging drum zu ihrem Vater und sagte ihm: »Ich will deine Tochter heiraten.« Der Vater rief die Tochter und sagte: »Hier ist Akulenzame, der dich als Gattin wegführen will.« Sofort erwiderte die Tochter: »Niemals werde ich einen solch hässlichen Menschen lieben können.« Der Vater sagte zu Akulenzame: »Du hast die Antwort meiner Tochter gehört.« Akulenzame erwiderte: »Das Herz der Frauen ist ein Bananenbaum. Was meint der Vater?«

»Wenn du reich, mächtig bist und du mir viele Geschenke machst, so will ich dich als Schwiegersohn anerkennen. Alles hängt vom Preise ab, den du für meine Tochter zahlst.« Akulenzame sagte: »Befiehl, was du willst, ich werde es zahlen; denn ich liebe deine Tochter.«

Der Häuptling sagte in sich selbst: »Das ist ein Junge, das scheint ein Schlauer.«

»Um zu beginnen«, sagte er seinem zukünftigen Schwiegersohn, »will ich deine Kraft erproben. Seit langem will ich den Ort meines Dorfes wechseln und mich anderswo niederlassen. Morgen will ich mit dir gehen, um dir den Platz zu zeigen, wohin ich es bringen will.« »Gut«, sagte Akulenzame, »du wirst es mir zeigen.« Diesen Abend steckte er kein Bündel in den Sack. Die Seelen fasteten.

Den anderen Tag gingen der Häuptling und Akulenzame zusammen. Sie kamen an eine Waldstelle, wo der Boden eben war, doch von hohen Bäumen bestanden. Der Häuptling sagte: »Hier ist's, du wirst mir helfen, die Bäume zu fällen.«

»Das will ich ganz allein tun.«

»Oh, oh, das ist wunderbare Sache, ein Jahr genügte dir nicht.«

»Ich habe Zeit, außerdem werde ich rasch fertig sein. Kehren wir ins Dorf zurück.« Man kehrte ins Dorf zurück. Sobald Akulenzame in seine Hütte zurückgekommen ist, lässt er die toten Seelen aus dem Sack und zeigt ihnen den Ort des künftigen Dorfes mit dem Befehl, sofort die Bäume zu fällen und in Brand zu stecken. »Ihr werdet so lange fasten, bis die ganze Sache zu Ende ist.« Sofort ziehen die Seelen ab, beginnen das Werk, fällen, schneiden zurecht, schlagen ab und legen Feuer. Die Männer des Dorfes hatten noch nicht die Nachtwache beendet, da brannten die abgeschlagenen Bäume, und die verwelkten Blätter, vom Winde weggeweht, kamen ins Dorf. Da die Leute einen großen Schein über dem Walde aufleuchten sahen, sagten sie unter sich: »Wer will seine Pflanzungen bereiten und Bäume so nahe bei uns fällen. Morgen bei Tagesanbruch wollen wir gegen diese Fremden kämpfen. Wir lassen unser Land nicht überfallen.« Andern Tags im Schein der Morgenröte erklang das Kriegstamtam, von der flinken Hand des Häuptlings getrommelt. Alle Männer eilten herbei. Noch brannte der Wald. Wohlbewaffnet schleichen sie leise, auf heimlichen

Pfaden zur Brandstätte. Sie kommen und schauen nach allen Seiten. Inmitten des Busches zerarbeitet sich ein kleiner Mann, der schlägt mit zahllosen Schlägen auf den letzten Baum. Mehr als hundert lagen auf dem Boden, und da der Baum gefallen ist, putzt sich Akulenzame, er war es, die Stirn und spricht: »Das wäre nun getan.« Er wirft die Axt auf die Schulter, wie um ins Dorf zurückzukehren.

Im gleichen Augenblick umgeben ihn die Männer, der Häuptling spricht ihn an: »Wie kannst du denn all diese Bäume niederschlagen?«

»Zählst du mich denn für nichts?«

»Wie, du bist es, Akulenzame, der den Wald gefällt hat?«

»Ja, ich, Akulenzame, hast du mir denn nicht gestern gesagt, ich will hier ein neues Dorf errichten? Sieh, es ist getan. Gehen wir zusammen zurück.«

Der Häuptling geht in seine Hütte und sagt seiner Tochter: »Akulenzame ist ein ganzer Kerl.« Diese sagt: »Ach, wenn er doch ein wenig hübscher wäre.«

Das war die Arbeitsprobe Akulenzamens. Keiner hatte die Seelen bei der Arbeit gesehen; zunächst, weil Akulenzame sich wohl hütete, davon zu sprechen, das hätte sofortigen Tod bedeutet; und dann, weil er allein am frühesten Morgen in den Wald gegangen war. Sobald die Arbeit beendet war, hatte er seinen Geistern befohlen, unverzüglich in den Sack zurückzukriechen. –

Den gleichen Abend sagt Akulenzame zum Häuptling: »Gib mir deine Tochter, dass ich sie mit mir ins Dorf nehme.« Der Häuptling erwidert: »Ich sah, dass du es verstehst, Pflanzungen anzulegen, einen Wald zu fällen und neue Dörfer zu errichten. Deine Arme sind stark, aber nichts versichert mich ihrer Geschicklichkeit. Meine Tochter liebt Fische sehr. Kannst du ihre Lust befriedigen?« Akulenzame erwiderte: »Das kann ich.« Er kehrte in seine Hütte zurück und befahl all seinen Geistern, Bambus zu schneiden, und im Fluss eine ungeheure Sperre zu errichten, damit kein Fisch durchschlüpfe. Dann sollten sie ganz weit zurückgehen, alle Fische in einen engen Raum einschließen und eine zweite Sperre bauen.

»Geht«, sagte er ihnen, »tut das eiligst; denn bis zur Rückkehr, keine Bündel zu fressen, schwere Hungersnot.« Die Geister eilten, das Werk zu tun, das ihnen aufgetragen war.

Den anderen Tag waren die Frauen zum Fluss gegangen, Wasser zu schöpfen. Akulenzame richtete das letzte Gitter. »Da«, sagte er, reibt sich die Stirn, »es ist fertig, man kann jetzt den Fisch nehmen.« Wer stand nun verwundert? Das waren die Frauen; denn niemals hatten sie in dieser Gegend einen Staudamm gesehen. Sie eilten zum Dorf. »Kommt rasch«, schreien sie den Männern zu, »kommt rasch, Akulenzame hat den Fluss gestaut.« Akulenzame stand am Landungsplatz. Sobald er sie kommen sieht: »Es ist getan«, sagt er, »man kann den Fisch nehmen.« »Aber was ist denn los?« »Du siehst, der Fluss ist durch die Reuse gesperrt.« Der Häuptling prüft die Arbeit mit großem Staunen. Dies war wohl zu verständlich; denn der Fluss war breiter als ein Dorf. »Aber das ist nicht alles«, fügte Akulenzame hinzu. »Kommt mit mir.« Der Häuptling gehorcht. Alle Frauen, alle Männer, alle Kinder folgen. Man geht stromaufwärts, ein wenig weiter oben, ein zweiter Staudamm. Die Augen des Häuptlings quollen vor Verwunderung hervor, auch die der anderen. Zwischen den zwei Staudämmen glänzte es von Fischen. Man sah Karpfen springen, Sardinen, Barben, große, kleine und mittlere Fische. Man warf eine Harpune, zehn Fische waren aufgespießt. Die Dorfleute stürzten darauf los. Mehr als 15 Tage fing man Fische, trocknete Fische, konservierte Fische für die Regenzeit, um zu verkaufen und zu verschenken. Man aß Fisch so viel, dass, wenn man zur Erde sah und den Kopf bückte, keiner im Dorf mehr seine Füße sehen konnte, so dick war der Bauch geworden. Doch wie Akulenzame essen konnte, so gab es niemanden. Unaufhörlich kochte, buk und briet es in seiner Hütte. Die Bündel brannten auf dem Feuer; sobald sie gar waren, *kyo, kyo, kyo*, verschwanden sie im Sack. Für einen starken Esser war Akulenzame ein gewaltiger Fresser.

Eines Tages besuchte er den Häuptling. »Ich will deine Tochter heiraten, das Mädchen mit den Kupferketten. Du weißt jetzt, ich kann ihr Verlangen befriedigen, Fisch zu essen.«

»Ich weiß, mit dir wird meine Tochter sicher sein. Ich will sie dir gerne geben. Aber wenn sie ein Kind bekommt, wird sie nicht mehr Fisch essen wollen, sondern Fleisch. Bist du auch ein so geschickter Jäger, wie du ein guter Fischer bist?« Akulenzame antwortete: »Ich werde es sein.«

Indes suchte der Häuptling seine Tochter auf: »Dieser Akulenzame wird dir ein ausgezeichneter Gatte sein.« »Man könnte auf einen schlechteren verfallen«, antwortete sie. »Ja«, erwiderte der Vater, »man muss nicht die Haut des Maniok betrachten.«

Am gleichen Abend öffnet Akulenzame, sobald er in seine Hütte getreten ist, den Sack, befiehlt seinen Geistern herauszufahren und sagt ihnen dies: »Seit fünfzehn Tagen lebt ihr im Überfluss. Ihr esst unaufhörlich Bündel. Heute ist es zu Ende. Ihr werdet in den Wald gehen, einen Ngol[2] zu bauen, zehn Elefanten darein zu sperren. *Kui, kui.*« Die

2 Sperre

Seelen ließen sich das nicht wiederholen. Sofort gingen sie durch die Tür, *kui, kui*, durch das Fenster. Da waren sie am Werk.

Zwei Tage später waren die Jäger des Dorfes gegangen, Elefanten zu jagen. Fern im Walde hören sie einen Mann singen. Sie nähern sich. Dieser Mann war Akulenzame, er knüpfte Lianen und rollt sie fest um die Bäume. »Hier«, sagt er und reibt sich die Stirn, da er die Männer sieht, »hier, das wäre fertig.« »Aber womit bist du denn fertig, Akulenzame?« Doch dieser legt den Finger auf den Mund, fordert sie auf, still zu bleiben, und auf vielen Umwegen führt er sie durch den Wald bis zur runden Palisade. Im Gitter standen zehn wundervolle Elefanten. Jeder ihrer Zähne war höher als ich. Die Jäger erholten sich nicht vom Erstaunen. Sie stürzten zum Dorfe: »Rasch, rasch, kommt herbei«, rufen sie den Kriegern zu, »Akulenzame hat einen Ngol gebaut und zehn Elefanten sind darin.« Die Krieger, der Häuptling voran, laufen herbei, das Wunder zu sehen. Sie steigen in die Bäume, durchsieben die Elefanten mit Pfeilen. Da liegen die zehn Tiere tot. Man stürzt auf sie, die Äxte hauen, die Messer schneiden und zerhacken das Fleisch. Die Frauen laufen mit großen Körben herbei. Die Fleischstücke häufen sich auf ihre Rücken. Die Nachbardörfer sind benachrichtigt, von allen Seiten eilt man herbei, überall hat man Schlachtfest, man isst, man isst, man isst immer noch. Ach, die glücklichen Leute; aber keiner fraß wie Akulenzame, unaufhörlich kochte, briet, buk Fleisch in seiner Hütte. Die Bündel brannten auf dem Feuer; wenn das Fleisch gar war, *kyo, kyo, kyo*, verschwand alles wie Zauber. Die Hausfrauen brachten ihm zum Geschenk ungeheure Klötze Fleisch. Welch wüster Fresser war der Sack Akulenzamens.

Eines Tages besuchte er von neuem den Häuptling. »Ich

will deine Tochter heiraten, das rote Mädchen mit den Kupferketten. Zum Tausch sollst du die zehn Paar Elefantenzähne bekommen.« Der Vater antwortete: »Morgen werden wir die Hochzeit begehen.« »Gut so«, sagt Akulenzame, und der Vater sucht die Tochter auf. »Morgen werden wir die Hochzeit begehen.« »Gut so«, sagt das Mädchen, »mein Herz ist zufrieden. Aber ein Ding will ich von meinem Gatten erbitten.« »Welches«, sagte der Vater?

»Zwischen dir und dem benachbarten Häuptling steht, du weißt, Tod von Männern. Damit der Kampf beendet werde, sollte er mich heiraten. Wenn er von meiner Heirat mit Akulenzame hört, wird er zürnen, und ich werde ihn fürchten müssen.« »Das ist wahr, man findet mitunter List selbst in der Antilope«, und damit ging der Vater, die Sache Akulenzame zu erzählen. »Ich werde das schon einrenken«, antwortet er.

Selbigen Abend öffnet er seinen Sack und ruft die Seelen. »Seit lange habe ich euch besser genährt denn je. Doch dies ist nun zu Ende, bis ihr mir aufs Neue gedient habt.« »Womit muss man dir dienen?« »Ihr geht ins Nachbardorf und führt den Häuptling hierher. Wohlgebunden an Händen und Füßen.« »Das ist leicht«, antworteten sie. Schon sind sie weg, *kui, kui*, durch die Tür, *kui, kui*, durch das Fenster. Vor Tag war der Häuptling Gefangener, in der Hütte Akulenzamens wohl gefesselt an den Füßen, wohl gefesselt an den Händen, und schleppt einen großen Klotz Holz hinter sich her; war über dies Ding sehr erstaunt und halbtot vor Angst. –

Am Morgen ruft Akulenzame den Häuptling in die Hütte. »Du hast deinen Freund gefordert, hier.« Der Häuptling erholt sich nicht vor Staunen. Er ruft seine Männer. »Seht«, sagt er ihnen, »Akulenzame ist allein gegangen, den Feind zu fangen, und hat ihn hergeführt. Er ist ein großer Krieger«, und alle schrien *yo, yo*.

Indes nahm man den feindlichen Häuptling. Die Frauen zerrten ihm das Haupt, streuten ihm zerstoßenen Pfeffer auf den Kopf, in die Augen, in die Nase, und er wurde in die Mitte des Dorfes geführt, um dem Fest beizuwohnen. Als es beendet war, schnitt man ihm den Hals ab.

Der Abend kam, Akulenzame kehrte mit der Frau in seine Hütte zurück, und am andern Tag kam der Häuptling, sein Hochzeitsgeschenk zu fordern. Ein kümmerlicher Schwiegervater, dachte Akulenzame bei sich. Der alte Häuptling sagte: »Akulenzame, du bist jetzt mein Sohn, nur noch ein Ding erbitte ich von dir. Ich sehe, du bist mächtig. Bring mich in Sicherheit vor dem Tode.« »Gut«, erwiderte Akulenzame, »wenn du deinen Wunsch vor allen Leuten wiederholst.« Der Häuptling tut es. Die Nacht kam, Akulenzame öffnete den Sack, nahm wohl Acht, dass keiner es sah, und befahl den Geistern hervorzukommen. »Ihr habt mir gut gedient«, sagte er ihnen. »Ich bin mit euch zufrieden. Zum Lohne sollt ihr eure Freiheit haben. Nur eine Sache bleibt noch zu tun.« »Und welche?«, fragten die Geister hocherfreut. »Ihr sollt meinen Schwiegervater mit euch nehmen.« »Das ist leicht«, antworteten alle.

Akulenzame ging heraus in die Geschirrkammer, wo der Schwiegervater sich erwärmte. »Mein Versprechen soll erfüllt werden. Du wirst vor dem Tod in Sicherheit gebracht«, sagte Akulenzame. »Ich bin begierig, dies zu sehen.« Im gleichen Augenblick traten die Geister ein. Alles wollte sich retten. Schon waren sie verschwunden und schleppten den alten Häuptling mit sich. Seitdem hat man ihn nie wieder gesehen. Dann sagt Akulenzame: »Nun ist er für immer in Sicherheit vor der Todesfurcht; denn man stirbt nur einmal. Das war ein großer Krieger.« Alle sagten »ja«. Akulenzame richtete eine wunderbare Totenfeier an, während eines ganzen Monats erscholl das Tamtam, und man tanzte den Tanz der Toten. Danach folgte Akulenzame dem Schwiegervater als Häuptling.

Jintalmas Verwandlung

Tschad

Es war einmal ein Mädchen, Jintalma mit Namen, das hatte viele Bewerber. Die übrigen Mädchen aber hatten keine jungen Verehrer. So ging es lange Zeit, bis eines Tages ihre Nachbarinnen beschlossen, mit ihr und den jungen Männern baden zu gehen. Jintalma aber sagte: »Ich kann nicht, denn meine Mutter ist auf das Feld gegangen.« Als sie sie überreden wollten, sagte sie: »Ich muss zuerst für meine Mutter das Mehl mahlen!« Sie nahm die Hirse und zerrieb sie zu Mehl. – »Ich muss doch zuerst für meine Mutter das Essen zubereiten!« Sie kochte darauf für ihre Mutter und machte auch eine Hirsepaste dazu. Nun drängten die anderen aber und sagten: »Jetzt lass uns doch endlich gehen!« – »Nein, ich muss meiner Mutter zuerst noch die Erdnüsse rösten!« Und sie röstete die Erdnüsse. Wieder drängten die anderen Mädchen. Doch sie bestand darauf, für ihre Mutter zuerst auch noch die Erderbsen und den Sesam zu rösten. Alles, was sie für ihre Mutter tun konnte, machte sie erst einmal fertig. Darauf nahm sie die Soriyo[1]-Körner und schüttete sie aus; die anderen sammelten sie wieder auf. Sie schüttete auch den Sesam aus, und auch den sammelten die anderen auf; ebenso geschah es mit der Hirse und mit allem anderen, das im Hause war. Dann sprach sie: »Jetzt muss ich meiner Mutter auch noch die Pfeife anzünden!« Als sie aber das auch noch getan hatte, brachen sie endlich auf. Sie blieben lange Zeit am Wasser und badeten nach Herzens-

1 Getreideart

lust. Während alle anderen jemanden bei sich hatten, war Jintalma ganz allein gekommen.

Bevor sie wieder nach Hause zurückkehrten – sie waren schon auf dem Heimweg –, sollte jede nochmals in einen tiefen Wassertümpel, der am Weg lag, springen. Es hatte ja jede jemanden zur Seite, der ihr wieder heraushelfen konnte. Nur Jintalma war ganz ohne Hilfe. Als sie hineinsprang, kam sie nicht wieder heraus; niemand reichte ihr die Hand. Sofort stürzten sich die Ungeheuer auf sie und verschlangen sie. Sie starb und verwandelte sich in einen Fisch. Darüber waren die Leute sehr bestürzt, sie zogen den Margai[2] zu Rate und fingen an, mit dem Netz die Fische zu fangen. Sie fingen sie auch tatsächlich, doch sprang sie immer wieder zurück ins Wasser. Erst als ihre Eltern zum Wasser kamen, ging das verzauberte Fischlein freiwillig in das Netz seines Vaters. Als man es anfassen wollte, fing es an zu singen:

Papa, fass mich mit zarter Hand nur an,
denn dieser Fisch bin ich, Jintalma, deine Tochter,
Du und ich sind ans Ufer des Wassers gekommen,
wer denn ist sonst noch da?
Ach, bin ich müde, so müde!

Da riefen die Leute: »Was soll das? Ein Fisch, der sprechen kann? Schmeißt ihn weg!« Sie packten ihn hart an und warfen ihn auf den Boden. Als sie sich an das Zerlegen machen wollten, fing das Fischlein wieder an zu singen:

Papa, schneide mit zarter Hand,
denn dieser Fisch bin ich, Jintalma, deine Tochter,

2 Dorfältester

Du und ich sind ans Ufer des Wassers gekommen,
wer denn ist sonst noch da?
Ach, bin ich müde, so müde!

Da sprach er: »Was soll das? Ein Fisch, der sprechen kann? Schneidet nur ordentlich drauf los!« Die einzelnen Stücke wurden auf die Fischer verteilt; dann ging man nach Hause. Da fing es wieder zu singen an:

Mama, fass mich mit zarter Hand nur an,
denn dieser Fisch bin ich, Jintalma, deine Tochter,
Du und ich sind ans Ufer des Wassers gekommen,
wer denn ist sonst noch da?
Ach, bin ich müde, so müde!

Doch die Mutter sprach: »Was soll ich mit sprechenden Fischen? Ich will es fein säubern und dann in den Kochtopf stecken!« Sie tat es in den Topf.

Da fing es wieder an zu singen:
Meine Mutter, koch mich nur ganz leicht, ganz leicht,
denn dieser Fisch bin ich, Jintalma, deine Tochter,
Du und ich sind ans Ufer des Wassers gekommen,
wer denn ist sonst noch da?
Ach, bin ich müde, so müde!

Ihr Vater aber sprach: »Was soll das, sprechende Fische? So etwas habe ich noch nie gehört. Geht nur richtig ran und zerteilt den Fisch wie gewohnt!« So wurde er unter den Familienmitgliedern aufgeteilt. Ein Junge sagte dann: »Mama, lass uns davon zuerst Großmutter geben, ich kann sonst nicht essen!« So brachte man also der Großmutter ein

Stück davon, und als diese zu essen anfangen wollte, sang es wieder mit vernehmlicher Stimme:

Meine Großmutter, iss mich nur ganz behutsam,
denn dieser Fisch bin ich, Jintalma, deine Enkeltochter,
wozu bist du gegangen?
Ich bin ans Ufer des Wassers gekommen,
wer ist denn da?
Ach, bin ich müde, so müde!

Dann spricht das Fischlein: »Setz mich doch in das größere Gefäß!« Das tat die Großmutter denn auch: das Gefäß wurde bis zum Rande voll. Als sie das sah, steckte sie den Fisch in ein noch größeres Gefäß; doch auch dieses füllte sich schnell bis oben hin. Schließlich schüttete sie das Ganze noch einmal um in einen großen Wassertopf. Als sie diesen dann am anderen Morgen öffnet, findet sie ein junges Mädchen darin. »Wo kommst du denn her?«, fragt sie es überrascht. Nun erklärt ihr das Mädchen alles, was geschehen sei: dass eine Schar Mädchen aus der Nachbarschaft zu ihr gekommen ist, dass sie alle zusammen aufbrechen wollten, sie aber erst alle Pflichten im Hause getan hätte; dass sie sie dann aber beim Baden untergetaucht hätten – sie sei ja ganz ohne Hilfe gewesen –, dass sie sie dann verlassen hätten; dass schließlich ihr Vater sie herausgefischt habe. Und sie fuhr fort mit dem Erzählen: »Ich redete ihn an, doch er sagte darauf: ›Schneidet nur ordentlich drauf los! Sprechende Fische kenn ich nicht!‹ Zu meiner Mutter sagte ich, als man mich ihr brachte: ›Leg mich behutsam hin!‹; doch sie befahl, dass man ein mächtiges Feuer entzünden sollte, und sprach auch, dass sie noch nie von Fischen, die sprechen könnten, gehört hätte. Einzig und allein mein Bruder bestand darauf, dass man mich dir geben sollte; und nur dadurch bin ich wieder ich selbst geworden.« – »So kam das also?« – »Ja, liebe Großmutter, so war es.«

Von diesem Tage an ging das Mädchen wieder seinen täglichen Pflichten nach. Auf dem Weg zum Brunnen kam sie am Gehöft ihrer Eltern vorbei; ihr Vater war gerade am Zaunflechten. Sie grüßte ihn und sprach: »Du bist also bei der Zaunflechtarbeit?« – »Ja, so ist es.« – »Wo bist du denn zu Hause? Und wie geht es dir?« – »Danke, gut.« Als er sie drei Tage lang beobachtet hatte, ging er in das Haus seiner Schwiegermutter und spricht: »Guten Tag! Darf ich eintreten?« – »Willkommen!« – »Geht es euch gut?« Als er lange gewartet hat, steht er wieder auf und kehrt nach Hause zurück. Nach dem dritten Mal spricht er seinen Wunsch aus: »Ich komme, weil ich mich mit dem Mädchen in eurem Gehöft unterhalten möchte.« Darauf fragt die Schwiegermutter: »Wen meinst du denn?« – »Nun, das junge hübsche Mädchen, das ihr in eurem Haus habt.« – »Ach! Du meinst die?« – »Ja, doch!« Darauf ruft sie das Mädchen und sagt: »Komm heraus! Ein Bewerber ist gekommen und möchte mit dir plaudern.« Da ergreift das Mädchen einen Stock, kommt heraus und sagt zu ihrem Vater: »Papa, weißt du noch, dass ich dich gebeten hatte, du möchtest mich behutsam anfassen, mich, deine Jintalma? Doch du hast mitleidlos zuschlagen und schneiden lassen, oder etwa nicht?« Darauf versetzt sie ihm einen kräftigen Schlag mit dem Stock. Da springt er auf und läuft eilends nach Hause. Zu seiner Frau sagt er: »Du, ich habe Jintalma wiedergefunden!« – »Ach! Wo denn?« – »Bei deiner Mutter!«

Sogleich am anderen Morgen, noch vor Sonnenaufgang, brachen sie auf und gingen hin zum Gehöft der Schwiegermutter. Da fragten sie die Tochter: »Woher bist du nur wieder zu uns gekommen?« Nun erzählte sie ihnen, was sich zugetragen hatte; sie sagte: »Ihr habt mich ja nicht angenommen! Nur dadurch, dass ihr von der Speise an meine Großmutter abgegeben habt, bin ich gerettet worden.« Da weinten die Eltern bitterlich vor Schmerz und Freude darüber, dass sie ihre Tochter wieder hatten.

Das Licht

Kongo

Da Woto Moelos Dorf verließ, war keine Sonne; es gab keine. Moelo war durch die Dunkelheit verwirrt; er klagte, so er heirate, könne er nicht sehen, ob das Weib schön oder hässlich; so er eine Frucht pflücke, könne er nicht sehen, ob sie reif sei oder nicht; wenn ein Mann sich ihm nähere, könne er nicht sagen, ob Freund oder Feind. So rief er drei seiner Leute und sprach zu ihnen: »Warum erlaubte ich Woto, das Dorf zu verlassen? Er ist geschickt und hätte gewiss ein Mittel gegen die Dunkelheit gefunden. Geht und findet ihn; bittet ihn, das Unrecht zu vergessen, das mein Sohn ihm angetan, und uns Mittel zu geben, in Helle zu sehen. Damit eure Sendung gelinge, meidet Streit und verweilet nicht, zu fischen. Merkt auf, gehet nicht fehl, versäumet euch nicht und fischet nicht an den Flüssen.« Also reisten die drei Männer, die Kalonda, Binga und Buimba hießen, auf die Suche nach Woto. Sie gingen, sie gingen, bis sie zu einem großen Ufer kamen, und Binga sprach: »Lasst uns verweilen und fischen.« »Nein«, erwiderten die anderen, »gedenkest du nicht der Worte Moelos?« Binga wollte sie nicht hören, schalt sie und begann trotz ihrer Gegenrede zu fischen. So sahen Kalonda und Buimba, unnütz sei es, die Reise fortzusetzen und kehrten zu Moelo zurück. Da sie ankamen, fragte Moelo: »Habt ihr das Licht gebracht?« »Nein«, erwiderten sie, »Binga missachtete dein Gebot, er stritt mit uns und hielt zu fischen an; so war es unnütz, weiterzugehen, und wir kehrten zurück.« Darum schlug Moelo Binga und sagte: »Du gehst nicht mehr mit den anderen.« Er wandte sich zu Kalonda und Buimba: »Reiset nochmals auf Suche nach Woto und nehmt anstatt Bingas meinen Hund.« So machten sie sich wieder auf den Weg, diesmal mit Moelos Hund.

Da sie zum Ufer kamen, bauten sie ein Boot und begannen zu fahren, bis sie kamen, wo die Ufer von hohen Felsen umschlossen waren. »Was sollen wir tun?«, sagten sie, »diese hohen Felsen hindern uns zu landen.« Kalonda fiel ein, den Hund suchen zu lassen; wo des Menschen Weisheit endet, beginnt die Klugheit des Tiers. Wirklich fand der Hund einen engen Pfad zwischen den Felsen, und die Männer folgten. Sie kamen zum Ort, wo Woto war. »Was wollt ihr«, sprach Woto, »ihr Leute Moelos habt mich von meinem Haus verjagt, könnt ihr mich nicht in meiner Zuflucht friedlich lassen, wohin ich kam, meine Schande zu bergen?«

»Dein Bruder«, erwiderten sie, »ist sehr unglücklich; er klagt, so er eine neue Frau nähme, nicht sehen zu können, ob sie hübsch sei oder nicht; so er Früchte pflückt, kann er nicht sehen, ob sie reif sind oder nicht; so ein Mann sich ihm nähert, kann er nicht sagen, ob es Freund oder Feind ist. Er bittet Euch zu gedenken, dass Ihr von der gleichen Brust kommet, und ihm im Elend zu helfen.« Woto sagt: »Geht schlafen.« Den anderen Tag ruft er sie und gibt ihnen drei Vögel: einen Kuckuck, einen Hahn und einen Japodya. »Bringt diese Vögel meinem Bruder, und wenn ihr in sein Dorf kommt, lasst sie fliegen und geht schlafen. So ihr den Kuckuck hört sagen *Ku Ku*, rührt euch nicht; so ihr den Hahn rufen hört *Katariko*, rührt euch nicht; so ihr aber den Japodya schreien hört *Zuaa Zuaa*, dann öffnet eure Hütten und schaut.«

Sie nahmen die Vögel, kehrten zu Moelo heim, und man tat, wie Woto geboten. Den anderen Tag schrie der Kuckuck, und niemand wich; dann hörte man den Hahn schreien *Katariko*, und niemand wich. Der Himmel nahm eine rötliche Farbe und die Dinge wurden sichtbar. Da der Japodya sang *Zuaa Zuaa*, öffneten sie die Türen ihrer Hütten und sahen das schöne Aufstehen der Sonne glänzen.

Vom Ursprung der Bruderschaften Buyangwe, Kabwala, Balumba

Kongo

Eines Tages, da jagte Kazula, ein Anwohner der Luowaufer, in den Bergen Suya. Er verwundete ein Wildschwein, das Maniok ausscharrte. Das Tier vermochte trotz der Wunde zu entkommen und in eine Höhle zu flüchten. Der Jäger verfolgte es und drang ihm ins Dunkle nach, hoffend, es zu erlegen. Er staunte sehr, da der Boden unter den Füßen ihm sank und er in dichter Finsternis alleinstand, ohne Hoffnung herauszugelangen. Einige Zeit kroch er tastend, um der schrecklichen Unterwelt zu entkommen. Da er das Vergebliche seiner Mühe sah, verzweifelte er. Plötzlich erschien seinen Augen seltsames Spiel. Im Vordergrund, ihm ganz nahe, stand sein verstorbener Bruder; der sah ihn mit großen Augen an. Hinter seinem Bruder ein Geleit von Traumgestalten; unvernichtbare Wesen in durchsichtigen sonderlichen Gewändern; sie vollführten Chöre und Totentänze. Nach kurzem Besinnen erkannte der Tote Kazula und sah, wie auf dessen Gliedern Perlen kalten Schweißes standen und seine Knie vor Schreck zusammenstießen. Er sprach mit der Stimme des Grabes, die er zu versüßen versuchte:

»Bruder Kazula, willkommen bei uns. Sehr bin ich verwundert, dich lebenden Körpers bei uns zu sehen. Woher kommst du? … Ich sehe, du fürchtest dich, unser Anblick schreckt dich. Zittere nicht. Du siehst das Land der Toten, die Ahnen unseres Geschlechts. Wir sind versammelt, die Tänze des Buyangwe, Kabwala und Balumba auszuführen.

Das ist unsere Weise, in der kalten Unterwelt uns zu vergnügen. Fürchte dich nicht, Kazula, niemand wird dir Schlimmes tun.«

Er sprach noch, als die Versammlung der Gespenster, einen Augenblick verwirrt durch den Anblick des Fremden und die Rede des Häuptlings, mit Hingebung ihre Tänze und Chöre wieder aufnahm.

Kazula war durch die Rede des Bruders beruhigt, ebenso durch die Fröhlichkeit der Toten. Allmählich fühlte er die Knie erstarken, sein Herz schlug weniger wild, seine Kehle wurde frei. Endlich wurde er ganz voll Muts und betrachtete freudig das sonderliche, ihm neue Spiel. Er wandte sich an seinen Bruder:

»Mein weiland Bruder; sehr liebe ich eure Chöre und Tänze. Schade, dass niemand auf der Erde sie kennt. Gewiss möchte ich sie führen.«

»Was du wünschst, ist möglich. Wenn du willst, schlage ich den Alten vor, dich zur Weihe, zu unseren Tänzen zuzulassen. So kannst du Chöre und Tänze auf der Erde lehren.«

Gesagt, getan. Die alten Gespenster waren glücklich, ihren Nachkommen die Kenntnis ihrer wundersamen Freuden zu übersenden, freudig stimmten sie dem Vorschlag ihres jungen Häuptlings bei. Dieser begann in solchen Sätzen:

»Kazula, mein Bruder, wir werden dich weihen. Nur musst du uns ein Ding erstatten.«

»Wohl möglich; ich trage an meinem Gürtel eine Rolle Mitunda[1]. Nimm sie alle.«

»Nicht dies. Was könnten wir hier mit Perlen machen.

1 blaue Glasringe

Wessen wir bedürfen: Bewirte uns mit einem guten Mahl. Hole drum zwei große Körbe Maniok und sechs Hühner. Das genügt.«

»Gleich gehe ich. Jedoch wie herausgelangen, da vor mir undurchdringbare Mauern stehen?«

»Das kümmere dich nicht, Bruder Kazula. Verwundetest du nicht einen Eber, führte er dich nicht hierher? Dieser Eber ist nicht, wie du denkst, ein gewöhnliches Tier. Er ist mutumbe[2]. Er ist der Geist eines alten Muluba. Er versteht all deine Worte. Sage ihm, wohin zu gehen und was zu tun ist.« Auf ein Zeichen des Häuptlings erscheint der Eber und stellt sich Kazula zur Seite. Dieser spricht:

»Dort, jenseits des Sumpfs, steht eines meiner Felder in voller Blüte. Nimm Maniok, so viel du tragen kannst. Dann geh zum Dorf und nimm sechs meiner Hühner. Fürchte nichts, denn meine Frauen sind allein im Hause.«

Der Eber geht. Einige Stunden später kehrt er zurück, beladen mit Maniok und Hühnern. Er berichtet dem Häuptling, dass Kazulas Weiber ihn hart beschimpften, doch keine wagte es, ihn zu vertreiben.

Beim Anblick der Nahrung wurden alle fröhlich. Alle beeilten sich, den Hunger zu stillen, der sie verzehrt. Alsbald versanken sie in tiefere Unterwelt, wo unzählige Fetische, Talismane und seltsame Gewänder angehäuft waren. Kazula folgte ihnen. Der Häuptling spricht zu seinem Bruder:

»Hier sind alle Ingredienzien des Buyangwe, Kabwala und Bulumbu vereint. Hier ruhen unsere Bruderschaften. Ich will dich in ihre Mysterien einweihen. Welche der drei ziehst du vor?«

2 ehrenwert

»Welche sollte ich wählen. Jede der Bwanga[3] gefällt mir gleicherweise.«

»Wohlan, wir werden dir alle enthüllen.«

Sogleich weihen sie ihn ein in Buyangwe, dann in Kabwala, dann in Bulumbu.

Nach vollendeten Weihen spricht der Häuptling:

»Jetzt haben wir dir, Kazula, keine Geheimnisse mehr zu enthüllen. Deine Anwesenheit hier ist nutzlos. Kehre auf die Erde zurück. So du diese kalte Unterwelt verlassen, halte einen Tag völlige Ruhe. Dann reibe dir den Körper mit weißer Erde, um den Hals lege dir Ketten aus gereihtem Schilfrohr. Auf das Haupt stülpe dir einen Helm, wie du ihn bei uns sahst, dann durcheile die Pfade, singe unsere Sänge und schwinge die Klappern. Mutumbe wird dir den Weg weihen. Folge ihm.«

Kazula, ganz beglückt, dankt den frohen Gespenstern, und, vom Eber geleitet, kehrt er mühelos zur Erde zurück.

Getreu der Übereinkunft ruht er einen ganzen Tag. Dann kleidet er sich in die neue Tracht, singend und tanzend zieht er, die Klappern in der Hand, zum Dorf des Häuptlings Mbuli. Der Häuptling vernahm den seltsamen Klang und lief zu schauen, was auf dem Pfade käme. Bald stand er vor dem verzückten Kazula. Das blendete ihn, dieser seltsame Tanz, der wundersame Aufputz, die wütenden Klappern. –

»Unbekanntes, wer du auch seist«, sprach er, »mögen deine Geister dich bewahren. Doch sage mir, was bezeichnen diese Sänge, dieser Tanz, dies Gewand, diese Klappern?«

»Was ich tue, Häuptling Mbuli, du kannst es nicht be-

3 Medizin

greifen. Wisse, dass ich vom Land der Toten zurückkehre, den Buyangwe tanze, den man mich dort gelehrt.«

»Und sollte ich dir all meine Weiber und Sklaven geben, ich will, dass du ihn mich lehrst.«

»Wohl, es sei. Du zahlst nicht teuer. Gib mir einige Hühner und Perlreihen, sogleich enthülle ich dir den Bwanga.«

Häuptling Mbuli ließ sich nicht bitten. Er läuft zum Dorf, das Verlangte zu holen, sogar eine Schüssel voll Suppe, und kehrt zu Kazula zurück. Beide beginnen mit dem Essen. Eine Weile nach dieser Mahlzeit weiht Kazula Mbuli in alle Geheimnisse des Buyangwe ein. Der Häuptling, zufrieden und glücklich, beschließt, in sein Dorf zurückzukehren.

»Mbuli, mein Bruder«, spricht Kazula, »das ist nichts im Vergleich zu dem, was ich sah. Noch vieles bleibt dir zu erkennen übrig, doch ich kann es dir nicht enthüllen. So du willst, wandern wir zusammen zum Berge Suya, zur Pforte des Totenlandes; ich stelle dich meinem Bruder vor, der dort allen Bwanga befiehlt. Gewiss lehrt er dich das Übrige, wenn du ihm einiges erstattest.«

Mbuli, aufgestachelt, zeigt sich zu allem bereit. Er holt Hühner und Maniok, so viel er tragen kann, und folgt Kazula zu der Höhle der Toten. Die beiden versinken in die Tiefe. Zum Ende der Wohnung gelangt, sehen sie den Eber kommen. Sie folgen ihm und bald gelangen sie zu den frohen Geistern, die immer zu Chor und Tanz vereint sind.

Kazula spricht:

»Meine Väter, meine Ahnen; ich führe zu euch den Häuptling Mbuli, der sich sehnt, alle Bwanga zu erkennen. Er bringt das Entgelt.«

Glücklich über solchen Lohn stimmt der Häuptling der Brüder gern zu; er enthüllt ihm die Gebräuche des Kabwala und des Bulumbu, unterrichtet ihn in der Kunst, das schlechte Los zu werfen, die Ursache der Krankheiten zu entdecken und Talismane anzufertigen, alle Zauberei der Welt zu vernichten. Dann verabschiedet er ihn mit den Worten:

»Du bist jetzt gänzlich eingeweiht; enthülle unsere Geheimnisse jeglichem, der wie du zu einer der drei großen Bwanga sich weihen lässt. Lebewohl.«

Mbuli, auf dem Gipfel der Freude, kehrt in seine Dörfer heim. Mühelos gewann er zahlreiche Anhänger und wurde nach kurzer Zeit der berühmte Häuptling der Buyangwe, Kabwala und Bulumbu.

Mbuli ist seit langen Jahren tot. Seine Macht und seine Titel gingen auf die gesetzlichen Nachfolger über. Heute wird noch einem von diesen von allen Gliedern der Bruderschaft gehuldigt.

Dies ist das große Geheimnis der Häuptlinge der Bruderschaften.

Von Engeln und Sonnenaufgängen – Nordafrikanische Märchen

Als Gott in grauer Urzeit Dinge machte,
Schuf er die Sonne;
Und sie entsteht und vergeht und kehrt doch wieder.
Schuf er den Mond;
Und er entsteht und vergeht und kehrt doch wieder.
Schuf er die Sterne;
Und sie entstehen und vergehen und kehren wieder.
Schuf er den Menschen;
Und er entsteht und vergeht und kehrt nie wieder.

Ein altes Lied
über die Vergänglichkeit des menschlichen Daseins

Die Tochter des Engels

Sudan

Ein Mann heiratete eine Frau, aber Kinder hatten sie nicht. Er war ein fleißiger Bauer und sie eine geschickte Haarmacherin, die für ihre Kunst reichlich beschenkt wurde. So lebten sie beide im Wohlstand.

In ihrer Nachbarschaft lebte jedoch ein König, der viele Gefolgsleute, Diener und Soldaten hatte. Wenn beide Eheleute abwesend waren, schickten diese Soldaten und Diener junge Hirten in das leere Haus, um Nahrungsmittel und auch Geld zu stehlen. So wurde das Ehepaar nach und nach immer ärmer, denn die Früchte ihrer Arbeit wurden ihnen gestohlen.

Eines Tages merkte die Frau, dass sie bestohlen werden, und sprach: »O Gott, schenke mir ein Kind, auch wenn dieses Kind nur eine Eidechse ist!«

Gott erhörte ihren Wunsch und ließ in ihrem Bauch ein Kind einer Eidechse gleich wachsen, und es war ein Kind eines Engels.

Die Frau aber merkte es gar nicht, dass sie schwanger war, bis sie die Eidechse gebar. Dann sprach sie: »Ich danke Gott, dass er mir das gegeben hat, worum ich ihn gebeten habe!«

Da sprach das Kind: »Sei nicht traurig, dass du mich zum Kind hast. Bekleide mich und stelle mich auf den Mauervorsprung, auf dem die Lampe steht.«

Die Mutter nahm ein Kleid, zog ihre Tochter an, stellte sie auf den Mauervorsprung und sagte: »Ich bin glücklich. Ich habe ein Kind, das sprechen kann, aber kann ich dich allein im Hause zurücklassen?« – »Du kannst gehen, wohin du willst!«, antwortete die Tochter, »und auch der Vater kann unbesorgt aufs Feld arbeiten gehen.«

Als die Soldaten sahen, dass der Mann und dann die Frau das Haus verließen, riefen sie die Hirten und sprachen: »Holt uns Wasser, Datteln und irgendwas zu essen aus dem Haus dieses Bauern!«

So betraten die Hirten das Haus, aber die Eidechse auf dem Mauervorsprung rief ihnen zu: »Halt! Bleibt stehen! Geht nicht hinein!« – »Wo bist du?«, riefen die Hirten. – »Ich stecke in euren Kleidern!«, rief das Mädchen in Eidechsengestalt, und die Hirten rannten erschrocken aus dem Haus und liefen zu den Soldaten zurück. Der Offizier aber sprach: »Das geht doch nicht mit rechten Dingen zu, die Leute haben doch kein Kind, und niemand ist im Haus. Ich selbst werde hingehen!«, und mit schweren Schritten betrat er das Haus.

Das Mädchen auf dem Mauervorsprung rief wieder: »Bleib stehen, wo du bist. Wenn du näherkommst, werde ich dich schlagen!« – »Wo bist du?«, schreit der Offizier und hört die Antwort: »Ich stecke unter deinem Tropenhelm!«

Der Offizier reißt sich den Helm vom Kopf, doch der Helm ist leer, und wieder ruft er: »Wo steckst du?« – Und das Mädchen antwortet: »Ich bin in deiner Hosentasche!«

Da reißt er sich die Hose vom Leib, rennt verschreckt davon und wirft im Laufen die Reste seiner Uniform von sich, und allen anderen Soldaten, die nach ihm das Haus betreten wollen, ergeht es nicht anders.

Die Mutter kommt nach Hause zurück und findet viele Uniformstücke im Hof verstreut liegen. Ihre Tochter aber sagt ihr: »Schneide das Gold von den Uniformen ab und verwahre es in der Truhe. Die Uniformen aber sollst du wegwerfen.«

Die Mutter folgt dem Rat ihrer Tochter, und die Soldaten finden ihre Uniformen, doch über den Vorfall sprechen sie mit niemandem, denn sie haben Angst vor ihrem König. Die Eltern des Mädchens bleiben nun unbehelligt, und das Geld, das die Mutter als Haarmacherin verdient, wird nicht mehr gestohlen, und die Ernte, die der Vater von den Feldern bringt, bleibt in den Speichern.

Nun hatten die Eheleute hinter dem Haus einen Garten, der an den Garten des Königs angrenzte. Der König mit seinem ganzen Gefolge pflegte in den Garten des Bauern zu kommen und dort Früchte zu essen. Wenn der Bauer in den Garten kam, wunderte er sich, dass die Bäume blühen und unreife Früchte an ihnen hängen; eine essbare Frucht aber konnte er nicht finden.

Wie ein Skorpion, der seinen Stachel zum Angriff erhebt, beginnt nun das Mädchen auch den Garten seiner Eltern zu bewachen, und siehe, da reifen die Früchte und die Datteln. Jeden Nachmittag legt das Mädchen in dem Garten die Eidechsenhaut ab und ist schön wie der Mond, hat langes Haar und reichen Goldschmuck.

Eines Nachmittags kommt der Sohn des Königs an dem Garten vorbei, wundert sich, warum der Garten so gut gedeiht und spricht: »Ich muss in den Garten gehen und selbst nachschauen, warum er so grünt!«

Er betritt den Garten und erblickt ein schönes Mädchen. Sie pflückt Früchte, füllt ganze Körbe mit ihnen an, trägt sie in das Haus des Bauern, kommt wieder zurück, schlüpft in die Eidechsenhaut wieder hinein und stellt sich auf den Mauervorsprung.

Der Königssohn sieht dies alles mit seinen eigenen Augen, eilt zu seinem Vater und spricht: »Ich werde die Tochter der Haarmacherin heiraten!«

Doch der König erwidert: »Der Bauer und seine Frau haben doch gar keine Kinder!« – Doch der Prinz besteht auf seinem Wunsch und sagt: »Ich weiß, dass sie eine Tochter haben, und ich möchte sie heiraten!« – »Hast du sie gesehen?«, will der König wissen. – »Ja, ich habe sie mit meinen eigenen Augen gesehen!«, antwortete der Prinz. – »Ich werde noch heute Nacht zu ihrem Vater gehen!«, verspricht ihm der König.

Das Eidechsenmädchen aber, eine Tochter der Engel, wusste von alldem und spricht zu ihrer Mutter: »Heute Nacht wird der König kommen, denn sein Sohn will mich heiraten. Reinige das ganze Haus, fülle die Wasserkrüge mit frischem Wasser, wasche das Geschirr!«

Kaum hatte ihre Mutter das alles getan, da legen die Engel Seidenstoffe auf den Boden und vor den Eingang des Hauses. Für den König und sein Gefolge stellen sie einen Stuhl aus purem Gold und sieben andere aus Silber auf.

In der Nacht kommt der König mit seinem Gefolge von vierzehn Männern. Erfrischungsgetränke in goldenen Bechern werden ihnen gereicht, dann wird Tee getrunken und dann wird ein Abendessen mit vielen Speisen von den Töchtern der Engel serviert. Nun spricht der König zum Herrn des Hauses: »Ich bin zu dir gekommen, um für meinen Sohn um die Hand deiner Tochter anzuhalten.« – »Wenn ich nur eine Tochter hätte, würde ich sie dir gern geben. Meine Frau hat Gott um ein Kind gebeten, geboren hat sie aber nur eine Eidechse«, sagt der Bauer und deutet auf den Mauervorsprung: »Das ist die Eidechse, die dort sitzt. Wenn der Prinz eine Eidechse heiraten will, so soll es mir recht sein, und er ist mir willkommen!«

Der Prinz sagt zu seinem Vater: »Ich will diese Eidechse heiraten.« – Und der Bauer sagt noch: »Ich gebe sie dir.«

Als der König in den Palast zurückkehrt, sucht er gleich seine Frau, die Königin, auf und erzählt ihr: »Die Einrichtung dort, das Gedeck und die Speisen, die uns vorgesetzt wurden, sind nicht einmal bei uns im Palast zu finden; das Mädchen, das unser Sohn heiraten will, ist aber nur eine Eidechse. Ich werde die Hochzeit machen und die Kupferpauke vierzig Tage lang schlagen lassen. Ich habe deinen Sohn gebeten, die Tochter deines Bruders zu heiraten, aber er hat sie abgelehnt.« – »Aber wie kann man eine Hochzeit von vierzig Tagen veranstalten, wenn unser Sohn nur eine Eidechse heiratet?«, fragt die Königin. – »Wir werden es so halten, wie es der Prinz will, mit dem Bauern werde ich aber als Brautpreis nur einen Hut voll Gold ausmachen, denn für eine Frau, die eine Eidechse ist, können wir nicht mehr geben«, fügte der König noch hinzu, und am nächsten Tag schickte er einen Boten zu dem Bauern.

»Der Brautpreis wird ein Hut voll Gold sein, denn so ist unser Brauch. Bist du damit einverstanden?«, fragt der Bote. – »Das ist mehr als genug, und mehr möchte ich auch gar nicht haben«, antwortet der Bauer.

Der König und die Königin öffnen ihren Schatz und legen Goldstücke in den Hut. Die Töchter der Engel aber sitzen unter dem Hut und nehmen das Gold darunter wieder heraus und stecken es in einen großen Krug im Haus des Bauern.

Die Haarmacherin sieht das und sagt: »Jetzt ist es aber genug, ihr habt schon den ganzen Schatz des Königs in diesen Krug gefüllt, hört doch damit auf!« – Und plötzlich füllt sich der Hut mit Gold. – »Wohin ist denn das ganze Gold verschwunden?«, fragt die Königin ihren Mann, schaut noch in die Schatztruhe hinein und sagt: »Wir haben unser ganzes Gold in diesen Hut hineingetan, wohin ist es verschwunden?« – »Lass es gut sein und rege dich nicht auf!«, antwortet der König.

Nun wird der Brautpreis dem Bauern überreicht, die Kupferpauke geschlagen, und die Hochzeit dauert vierzig Tage. Die Eidechsentochter bittet ihren Vater, ihr schnell einen siebenstöckigen Palast bauen zu lassen, denn sie haben ja genug Gold, und sie bittet ihre Schwestern, die Töchter der Engel, bei dem Bau zu helfen. In vierzig Tagen ist der Palast fertig, und eine Straße verbindet ihn mit dem Palast des Königs. Im Garten sind für die Gäste Stühle aus Silber und Gold aufgestellt.

Der König schickt dem Bauern einen Boten mit der Frage, ob seine Tochter in den Palast des Königs gebracht wird oder ob er seine Gäste in seinem eigenen Haus begrüßen will. Der Bauer antwortet: »Ich habe meiner Tochter einen eigenen Palast erbaut und ihn zusammen mit dem Garten im Namen meiner Tochter im Grundbuch eintragen lassen. Der König soll mit seinen Leuten zu uns kommen; mir ist es ganz gleich, wie viele es sind.«

Nun naht der Tag der Heimführung der Braut durch den Bräutigam. Die Mutter spricht zu ihrer Eidechsentochter: »Komm aus deiner Haut heraus, werde ein Mädchen und sei keine Eidechse mehr! Es wird mir Scham und Schande bringen, wenn du weiterhin eine Eidechse bleibst!«

Doch ihre Tochter blieb auf dem Mauervorsprung und legte ihre Eidechsenhaut nicht ab.

Die Töchter der Engel hatten sie aber unter der Eidechsenhaut als Braut mit Seidenstoffen bekleidet und mit Gold geschmückt, und schon kommen alle Mädchen des Dorfes, um die Braut zu sehen. Mit seinem ganzen Gefolge zieht auch der König ein und möchte die Braut tanzen sehen.

Die Mutter der Braut ist schon ganz verstört und ruft ihrer Tochter zu: »Und was sollen wir jetzt tun? Alle Menschen werden dich ja sehen!« – »Hör auf zu jammern und binde mir ein Kleid an meinem Schwanz fest!«, unterbricht sie die Tochter.

Nun erscheint die Braut auf dem mit Matten ausgelegten Tanzplatz. Die Männer erblicken die Eidechse, die am Schwanz ihr Brautkleid nachzieht, brechen in lautes Gelächter aus und rufen dem Prinzen zu: »Wie kannst du solch ein Tier lieben?«

Da schlüpft das Mädchen aus der Eidechsenhaut heraus, und plötzlich füllt sich die Tanzfläche mit den anderen Töchtern der Engel; und als die Männer so viel Schönheit erblicken, fallen sie ohnmächtig zu Boden.

Die Braut sticht sich in einen Finger und lässt auf jeden von ihnen einen Tropfen Blut fallen, und die Männer kommen wieder zu sich.

... Und nun lebt sie glücklich zusammen mit dem Sohn des Königs in ihrem Palast.

Die Fabel
von dem Königssohn Safudu Kwaku

Westsudan

Eines Tages log ein König über seinen Sohn, dass dieser etwas mit seiner Frau gesprochen hätte. Sein Sohn, Safudu Kwaku, sagte zu seinem Vater, er wollte sich einem Gottesurteil unterziehen. Der König war damit einverstanden und sandte Männer nach Ge, die ihm ein Schwert und Nadeln kaufen sollten.

Als sie die Gegenstände gekauft hatten, da ließ sie der König siebzehn Tage lang schleifen. Die geschliffenen Buschmesser und Nadeln ließ er dann unter einem hohen Seidenbaumwollbaum in die Erde stecken. Dann ließ der König alle Leute einladen, dass sie kommen und dem Gottesurteil beiwohnen sollten. Der König, seine Frau und sein Sohn, Safudu Kwaku, wurden in der Hängematte auf den Platz getragen, auf welchem das Urteil vorgenommen werden sollte. Dort befahl der König seinem Sohn, Safudu Kwaku, er solle auf den Baum hinaufsteigen und sich von dort herunter auf die scharfen Schwerter und Nadeln stürzen. Seine Mutter fing zu weinen an; er selbst aber fürchtete sich nicht, weil er wusste, dass er unschuldig war.

Safudu Kwaku stieg auf den Baum und sang das Lied:

»*Dedende manjimato, samafa binihini; dedende samapa wo mampa; dedende manjimato.*«

Nachdem er das Lied fertig gesungen hatte, stürzte er sich vom Baum herunter, nahm aber keinen Schaden. Der König aber sagte, er hätte es nicht gesehen, weil er gerade im Bad gewesen wäre. Zum zweiten Male stieg er auf den

Baum, sang dort wieder sein Lied und stürzte sich auf die Erde. Darauf sagte der König, jetzt erst habe er sich fertig gebadet, deswegen solle er zum dritten Male auf den Baum steigen. Safudu Kwaku stieg wieder auf den Baum. Aber der König sagte, er hätte sich eben mit Fett eingerieben und hätte deswegen nicht zugesehen. Noch einmal befahl er ihm, auf den Baum zu steigen; aber wieder sah er es nicht, weil er gerade seine Sandalen angezogen hätte. Zum fünften Male stieg Safudu Kwaku auf den Baum; aber der König hatte ihn auch diesmal nicht gesehen, weil er eben eine Prise Schnupftabak genommen hätte.

Als er nun zum sechsten Male auf den Baum stieg, da sagte der König:

»Jetzt erst kann ich kommen, um es zu sehen«, und befahl ihm zum siebenten Mal, auf den Baum zu steigen.

Alle Zuschauer ergriffen nun Partei für den Safudu Kwaku; dieser aber stieg zum siebenten Male auf den Baum. Als er sich nun herunterstürzte, da nahm ihn der Himmel weg und versetzte ihn in den Sonnenaufgang. Wenn nun die Sonne aufgeht und man will ihr Angesicht sehen, so verdeckt sie ihr Angesicht und sagt:

»Man hat mir siebenmal Unrecht getan!«

Daher kommt es, dass man das Angesicht der Sonne nicht ganz sehen kann.

Der Faris

Sudan

Ein wohlhabender Mann hatte einen Sohn, der war ein Faris[1], der bekannt war wegen seiner großen Stärke. Der Vater sagte zu ihm, als er ihn für alt genug hielt: »Mein Sohn, es ist Zeit, dass du heiratest. Sieh dich nach einer Gattin um.« Der Faris sah sich nun nach allen Mädchen in der Gegend um. Er konnte aber lange Zeit keins finden, das ihm zusagte. Eines Tages nun ritt er in die Wüste. Er kam in eine ferne Gegend und sah da Zelte aufgestellt. Die Leute hatten eine Trommel, trommelten und tanzten. Unter den Tanzenden war ein Mädchen, das schien dem Faris schöner als irgendeins, das er je zuvor gesehen hatte, und er liebte es sogleich sehr.

Der Faris sprach mit dem Mädchen und fragte es, wo es daheim sei. Das Mädchen sagte: »Mein Vater und wir alle ziehen immer umher. Bald sind wir hier, bald da. Wir sind nie lange an einem Ort und ziehen schon in Frage, wenn wir irgendwo angelangt sind, wo wir am andern Tag hinreisen wollen.« Der Faris sprach lange mit dem Mädchen. Ehe er wegritt, sagte das Mädchen zu ihm: »Man kann, wenn eine von uns es will, unsere Spur immer finden.« Der Faris nahm Abschied und ritt nach Hause.

Der Faris blieb einige Tage daheim. Dann sagte er zu sich: »Mein Vater hat mir gesagt, ich solle mir eine Frau suchen. Dieses Mädchen werde ich aufsuchen und heiraten, denn es gefällt mir. Das Mädchen hat mir gesagt, wenn eine von ihnen es wolle, könne man ihre Spur immer finden.

1 Reiter mit der Kraft vieler Männer, voller Entschlossenheit, Kühnheit und Ritterlichkeit

Wenn das Mädchen mich nun ebenso liebt wie ich sie, dann werde ich es finden.«

Am andern Morgen sattelte der Faris sein Pferd, band noch einigen Mundvorrat und einen Beutel mit Wasser auf und ritt von dannen, der Stelle zu, an der er das Mädchen zuerst zwischen den Zelten beim Tanzen gesehen hatte.

Als der Faris an die Stelle kam, wo noch vor einigen Tagen die Zelte gestanden und die Leute getrommelt und getanzt hatten, fand er nur noch einen kahlen Baumast, an dem hing aber ein Ledersack mit Wasser und ein geröstetes Brot. Er nahm den Ledersack und das Brot, genoss von der unerwarteten Speisung und sah sich dann nach der Spur um. Es dauerte nicht lange, so hatte er den Weg gefunden, auf dem die Leute weggezogen waren, und als er diesem dann einen Tag lang gefolgt war, sah er an einem vertrockneten Ast, der aus einem alten Lagerplatz aufragte, wiederum einen Ledersack mit Wasser und ein geröstetes Brot hängen. Er fand so wieder seine Speisung, und als er am dritten Tage die Spur der Weitergezogenen verfolgte, fand er am Abend auf einem alten Lagerplatz an einem dürren Ast wieder den Ledersack mit Wasser und ein geröstetes Brot. So ging es zwanzig Tage lang, und am Abend eines jeden Tages war er wieder am Lagerplatz der Fremden angelangt und fand für seine Nahrung gesorgt.

Am Abend des zwanzigsten Tages nun musste er ganz nahe der Karawane sein, denn das Brot, das er am Baume fand, war noch warm. So beschloss er denn, in der Nacht noch weiterzureisen. Er brach auf. In der Dunkelheit verlor er aber den Weg. Der Faris ritt nun irrend und suchend in der Wüste umher und kam zuletzt zu einem hohen Gasr[2].

2 Schloss

Er ritt hinein, band sein Pferd an und ging in das Haus. In dem Hause fand er im ersten Raume sieben junge Männer, die lagen auf Angarebs[3] und schliefen. Der Faris ging an ihnen vorüber und kam in ein zweites Gemach. Da stand nur ein Angareb, und auf dessen einer Seite lag ein junges, schönes Mädchen. Der Faris sah, dass auf der andern Seite des Angarebs noch Platz war. Er streckte sich also neben dem Mädchen aus. Zwischen das Mädchen und sich aber legte er sein Schwert. Der Faris war so müde, dass er auch sogleich einschlief. Das Mädchen war jedoch erwacht, als der Faris sein Schwert zwischen sie und sich gelegt hatte. Als es merkte, dass der Mann schlief, stand es vorsichtig auf und ging zu den jungen Männern. Es weckte diese und sagte: »Hört, meine Brüder! Wacht auf! Ihr schlaft hier und nebenan ist ein fremder Mann angekommen, der hat sich zu mir auf das Angareb, zwischen sich und mich aber ein Schwert gelegt. Kommt und seht ihn! Es scheint ein schöner Mann zu sein!« Die sieben Brüder erschraken hierüber und traten in das Gemach ihrer Schwester. Da sahen sie nun den fremden Faris liegen und sie sagten: »Schwester, lege dich nieder und schlafe weiter! Dieser Fremde hat, wie es scheint, nichts Böses im Sinne. Wir werden nebenan abwechselnd Wache halten, und wenn er dir etwas tun will, dann schreie nur und rufe uns damit!« Das Mädchen legte sich darauf auf ihre Bettseite und schlief auch bald ein. Die Brüder wachten aber nebenan abwechselnd.

Als der Faris am andern Morgen erwachte, begrüßten ihn die Brüder. Sie boten ihm Kaffee und wünschten ihm einen angenehmen Tag. Der Faris sagte: »Ich danke euch sehr dafür, dass ihr mich so freundlich begrüßt. Ich reise

3 Ruhebetten

seit zwanzig Tagen hinter Leuten her, die täglich das Lager wechseln und unter denen sich ein schönes Mädchen befindet, das ich heiraten möchte. Letzte Nacht nun habe ich ihre Spur verloren und bin so in euer Gasr gekommen. Müde, wie ich war, habe ich mich dann auf die leere Seite eines Angarebs gelegt und bin sogleich eingeschlafen.«

Der älteste Bruder sagte: »Es ist uns eine Freude, dass wir dich beherbergen können. Und eine Freude ist uns in diesem Leben wohl zu gönnen, da wir sonst Leid genug haben. Wir bitten dich also, einige Tage lang unser Gast zu sein und sind gern bereit, dir später den Weg zu dem Lager der Wandernden, das nicht weit von hier ist, zu zeigen.« Der Faris sagte: »Wenn ihr mich in dieser freundlichen Weise aufnehmt und mir auch noch weiterhelfen wollt, dann darf ich euch wohl bitten, mir zu sagen, was euch bedrängt, und ob ich euch nicht in eurer Bedrängnis helfen kann.« Der älteste Bruder sagte: »Ich will dir gern erzählen, was uns so schwer beunruhigt. In der Gegend hier wohnt ein starker Mann mit seinen Freunden. Der Mann will unsere Schwester zur Frau haben. Da er aber ein sehr schlechter Mann ist, haben wir seine Bitten zurückgewiesen, und nun kommt er alle zwei Tage und kämpft mit uns. Er ist gestern wieder hier gewesen, was uns so ermüdet hat, dass wir dein Kommen nicht bemerkt haben. Er wird nun zwei Tage wegbleiben. Diese zwei Tage des Friedens bitten wir dich bei uns zu bleiben. Nachher wollen wir dann noch einmal kämpfen. Da wir aber schon sehr ermüdet sind, erwarten wir, dass wir das nächste Mal im Kampfe unterliegen und somit sterben werden. Die letzten Tage des Lebens möchten wir nun noch in Freuden mit dir genießen!«

Der Faris sagte: »Meine lieben Freunde! Ich habe diese Nacht so herrlich geschlafen, dass ich heute Morgen meiner

Gewohnheit nach einen Ritt unternehmen möchte. Erlaubt mir also, dass ich ein wenig mein Pferd bewege, und habt die Güte, mir zu zeigen, in welcher Richtung die feindlichen Männer wohnen, damit ich diese vermeide.« Die sieben Brüder zeigten nun dem Faris, in welcher Richtung die feindlichen Männer wohnten. Der Faris ritt in der entgegengesetzten Seite von dannen, machte aber, als er aus der Sehweite des Gasr war, einen Bogen und ritt gegen die fremden feindlichen Leute.

Die Leute sahen kaum aus der Ferne den Faris kommen, da riefen sie: »Lasst uns schnell auf die Pferde steigen und herausreiten. Es kommt ein Fremder des Weges, dem wollen wir Pferd und Waffen abnehmen.« Die Leute nahmen also ihre Waffen zur Hand und ritten dem Faris entgegen. Sie umzingelten ihn und dachten nicht anders als, da sie so sehr in der Überzahl waren, würden sie den Fremden schnell und leicht überwinden. Der Faris wartete aber, bis sie nahe herangekommen waren und sich ein wenig gehäuft hatten. Dann zog er sein Schwert und sprengte auf sie zu. Nun erkannten die feindlichen Männer ihren Irrtum, denn rechts und links fiel sogleich einer der Tapfersten tot zu Boden, und der Faris räumte so schnell unter ihnen auf, dass sie unter Verlust mehrerer ihrer Besten und gezeichnet mit klaffenden Wunden, schneller noch als sie gekommen waren, zurückjagten. Der Faris verfolgte sie noch ein Stück weit und brachte dem einen und andern noch ein weniger ehrenhaftes Zeichen auf dem Rücken bei. Dann wandte er sein Pferd und ritt im Bogen, wie er gekommen war, wieder auf das Gasr der Brüder zu.

Die sieben Brüder begrüßten ihn aufs herzlichste und fragten ihn, ob er irgendein Erlebnis gehabt habe, da seine Kleider hier und da mit Blut bespritzt waren. Er sagte aber, er habe allerdings einen Büffel verfolgt und angeschossen, aber leider sei es ihm nicht gelungen, ihn zu töten. Den Rest des Tages verbrachte er mit den Brüdern im angenehmen Zwiegespräch, und als es Nacht wurde, fand er sein Lager auf der einen Seite des Angarebs der schönen Schwester bereitet. Als er sich nun niederlegte, nahm das schöne Mädchen ihm das Schwert aus der Hand und stellte es so an die Wand, dass er es sogleich ergreifen konnte, dass es aber den Faris nicht von ihr trennte. Also verbrachten sie die Nacht gemeinsam.

Am andern Morgen rüstete der Faris sein Pferd und prüfte eingehend, ob auch der Sattel festsitze. Dann bestieg er es, nahm von den Brüdern für einige Stunden Abschied und ritt, genau wie am Tage vorher, im weiten Bogen von dem Gasr weg zu dem Gasr der feindlichen Leute.

Als am vorhergehenden Tage die Wegfriedensstörer von dem Faris mit schlimmen Verlusten zurückgeschlagen waren und ihr Gasr erreicht hatten, hatte der Herr des Gasr sie mit schimpflichen Reden empfangen und hatte ihnen grobe Worte darüber gesagt, dass sie sich von einem einzelnen Reiter hätten in die Flucht schlagen lassen. Die geschlagenen Leute hatten dem Herrn des Gasr gesagt, dass der fremde Faris ein gewaltiger Mann von besonderer Art oder ein Aldjann[4] sein müsse und dass kein Mensch gegen ihn kämpfen könne; ihr Herr hatte sie aber ausgelacht. Dieser Herr war nun derselbe, der mit den sieben Brüdern immer wieder ihrer Schwester wegen kämpfte und der als außergewöhnlich starker Mann hoffte, das schöne Mädchen bald in seinen Besitz zu bekommen.

Er rüstete gerade einen andern Angriff auf die sieben

4 unbesiegbarer Mensch

Brüder für den andern Tag, als ein Mann zu ihm gelaufen kam und ihm mitteilte, dass der fremde Faris wieder auf dem gleichen Wege wie gestern einhergeritten komme. Als der Herr des Gasr das hörte, rief er nach seinem eigenen Pferde; denn heute wollte er an der Spitze seiner Leute selbst zeigen, wie man auch stärkere Männer niederwürfe. Als der Faris also näher zu dem Gasr kam, sah er sich einer größeren Anzahl von Reitern und vor allem dem Herrn des Gasr gegenüber. Der Faris setzte sich fest in den Sattel und zog sein Schwert beizeiten. Nun war der Herr des Gasr daran, den gleichen Irrtum zu begehen, dem seine Leute am Tage vorher zum Opfer gefallen waren. Mit dem ersten Schlage versetzte der Faris ihm eine tiefe Wunde, und obgleich die andern auch auf den einzelnen Mann einstürmten, lagen doch der Herr des Gasr und mehrere seiner bewunderungswürdigsten Kämpfer tot am Boden. Der Faris begnügte sich aber heute nicht damit, den Rest der Angreifer vor sich her zu treiben, sondern er drang hinter ihnen in das Gasr und zwang sie, sich ihm als Sklaven auszuliefern und ihm alle Türen des an Schätzen reichen Gasr zu öffnen.

Der Herr des Gasr war einer der größten Harami[5] der Gegend gewesen, dem keine Karawane hatte widerstehen können und dem auch alle näherliegenden Schlösser nach und nach zum Opfer gefallen waren. Es waren somit in dem Hause, das der Faris jetzt untersuchte, vielerlei Schätze aufgespeichert, und der Faris musste viele Esel, einen nach dem andern, beladen, bis er all das Gut ausgeräumt und zur Fortschaffung bereitgestellt hatte. Dann ließ er die Tiere von den neugewonnenen Sklaven antreiben und zog also auf das Gasr der sieben Brüder zu.

5 Herrscher

Als die sieben Brüder aus der Richtung des feindlichen Schlossherrn Tiere und Menschen in einer Staubwolke auftauchen sahen, meinten sie zunächst nichts anderes, als jener komme abermals, um sie mit aller Macht, wahrscheinlich zum letzten Male, anzugreifen. So warfen sie sich denn auf ihre Pferde, ergriffen die Lanzen und nahmen von ihrer Schwester Abschied. Sie ritten den fremden Reitern entgegen. Wie erstaunten sie aber, als sie bei größerer Nähe den Zug beladener Esel und treibender Sklaven, ganz am Ende aber den Faris herankommen sahen. Nun hatte der eine oder andere der Brüder schon manches mal mit einem oder andern Manne des feindlichen Schlossherrn gekämpft. Sie erkannten daher gar bald in den Eseltreibern ihre alten Gegner und wussten somit, dass der Faris den feindlichen Schlossherrn getötet haben musste.

Die Beute ward nun in den Hof des Gasr getrieben, und der Faris übergab sie da den sieben Brüdern. Die Brüder waren durch die Vernichtung des gefürchteten Gegners schon sehr beglückt. Als der Faris ihnen nun auch noch diese wertvolle Beute als Dank für die genossene Gastfreundschaft schenkte, und sie somit unerwartet statt eines nahen Endes einen großen Besitz vor sich sahen, baten sie den Faris, er möchte doch noch lange bei ihnen bleiben. Der Faris dankte den Brüdern für ihre freundliche Gesinnung, und heute zog er sich früher als am Tage vorher auf das Angareb der schönen Schwester zurück. Zwar schlossen die Brüder die Türe zu seinem Gemache und zogen sich, nunmehr der Pflicht aufmerksamer Wachsamkeit enthoben, in den Hof zurück, um noch einige Stunden über die glückliche Wendung ihres Schicksals zu plaudern, aber der Faris kam in dieser Nacht wenig zum Schlafen.

Als der Faris in das Gemach trat und die sieben Brüder

die Tür hinter ihm geschlossen hatten, trat die schöne Schwester auf ihn zu. Sie nahm ihm das Schwert ab und sagte: »Die Waffe, mein Herr, brauchst du nun nicht mehr, denn dieses ist ein Raum des Friedens, und gegen alle Störungen werden meine Brüder draußen Wache halten.« Das Mädchen nahm das Schwert und legte es auf einen Kursi[6], der am Fußende des Angarebs stand. Danach schob sie dem Faris eine Schale mit Wasser hin, begann ihm die Kleider abzunehmen und ihm den Staub vom Körper zu waschen. Endlich nahm sie duftendes Öl und rieb ihn ein, bat ihn dann, sich auf dem Angareb, auf dem helle Stoffe ausgebreitet waren, auszustrecken, und kniete auf der Erde vor ihm nieder. Sie ergriff die Hand des Faris, küsste sie und sprach: »Ich danke dir, dass du mich und meine Brüder vor diesem schrecklichen Manne errettet und mir statt des Lebens einer Sklavin die Freiheit und einen Freund gegeben hast.« Der Faris sagte: »Mein Mädchen, knie nicht vor mir, sondern komm zu mir herauf und teile mein Lager, wie ich es in der ersten Nacht neben dir eingenommen habe.« Das Mädchen sagte: »Ich komme. Aber das Schwert liegt nicht mehr zwischen uns!«

Darauf legte sich das Mädchen neben den Faris. Sie schmiegte sich an ihn, und wenn sie nun auch nicht mehr vor ihm kniete, so dankte sie ihm doch in sicher nicht minder inniger Weise, und der glückliche Faris gab sich in dieser Nacht der Freude über diese Dankbarkeit gern noch häufig hin. So verbrachten die beiden in dankbarer Glückseligkeit die Nacht, ohne zu schlafen.

Am andern Morgen sattelte der Faris sein Pferd, nicht um einen Spazierritt zu unternehmen, sondern um den

6 Sessel

Weg wieder zu suchen, den die Leute genommen hatten, unter denen das von ihm zur Gattin erkorene Mädchen sich befand. Er nahm also von den Brüdern Abschied. Die sieben Brüder waren sehr betrübt über diese Entschlossenheit, denn sie hatten gehofft, dass der Faris doch noch einige Zeit bei ihnen bleiben würde. Der Faris sagte aber: »Meine Freunde, nur der erscheint mir mit Recht als ein Mann bezeichnet zu werden, der einen einmal gefassten Entschluss zu Ende führt. Das Mädchen nun, von dem ich euch erzählt habe, hat mir überall, wo ihre Leute lagerten, deutlich wahrnehmbare Zeichen zurückgelassen, woraus ich ersehe, dass ich durch unser Gespräch Hoffnungen in ihr erweckt habe, die ich nun erfüllen muss. Es darf mich darin fürs erste keine neuerwachte Liebe und Freundschaft davon abhalten, diese Hoffnungen zu erfüllen, wenn ich die Achtung vor meinen eigenen Handlungen vor mir selbst aufrechterhalten will. Darum will ich erst dieses Mädchen zu gewinnen suchen. Gelingt mir das, dann wird mich die Freundschaft, die ich zu euch und eurer Schwester gefasst habe, dazu treiben, wenn es euch sonst recht ist, euch auf dem Rückwege in meine Heimat aufzusuchen.« Der älteste Bruder sagte: »Wir sehen, dass dein Entschluss fest gefasst ist und müssen es achten, dass du deinen Vorsatz unentwegt verfolgst. Wir werden dir deshalb auch gern sagen, wo du die Leute finden wirst, unter denen das Mädchen weilt. Wenn du es aber gewonnen hast, bitten wir dich, wieder hier vorbeizukommen und eine Gabe mit in die Heimat zu nehmen, die dir hoffentlich ebenso wert ist wie uns, und von der wir uns nur, um dir eine Freude bereiten zu können, trennen werden!« Der Faris sagte: »Ich sehe zu meiner Freude, dass unsere Empfindungen und Hoffnungen die gleichen sind, und daher bitte ich euch, mir meinen

Weg zu zeigen, damit ich umso schneller in den mir lieb gewordenen Raum zurückkehren kann.« Darauf zeigten die sieben Brüder dem Faris die Gegend und den Weg. Er nahm Abschied und ritt schnell von dannen, ohne eine Ermüdung zu spüren, trotzdem er die Nacht schlaflos verbracht hatte.

Nach wenigen Stunden kam er denn auch in eine wohlgepflegte Gegend, und ehe es noch Nacht war, sah er durch die Büsche Zelte und hörte Menschen. Der Faris stieg also von seinem Pferd, band es an und blickte durch eine Lücke in den Zweigen. Da sah er denn die gleichen Leute, denen er so lange gefolgt war, und in ihrer Mitte das Mädchen mit ihrem Vater stehen. Der Vater sagte aber zu den um ihn versammelten Männern: »Ihr alle, meine jungen Freunde, begehrt von mir diese meine Tochter zum Weibe. Nun kann ich sie aber nur einem zur Frau geben, und so mögt ihr denn durch eure Stärke und Gewandtheit zeigen, wer von euch der Würdigste ist, sie heimzuführen. Besteigt alle die Pferde und reitet einer nach dem andern schnell an meiner Tochter vorüber. Im Vorüberreiten versuche aber ein jeder, sie mit einer Hand zu ergreifen, hochzuheben und auf dem Pferd mitzunehmen. Nur dem, dem dies gelingt, will meine Tochter als Gattin folgen! Auf, meine jungen Freunde! Versucht, wem das gelingt!«

Der Faris sah nun, wie die jungen Männer auf die Pferde stiegen und wie einer nach dem andern an dem Mädchen vorüberritt und sie aufzuheben versuchte. Es gelang aber keinem. Und als der Letzte erfolglos an der Tochter des Scheichs vorübergeritten war, sprang der Faris auf sein Pferd und trieb es mit starkem Schlag an, sodass es in gewaltigen Sätzen in den Kreis der erschreckten Menschen hineinsprengte. Der Faris aber lenkte es auf das Mädchen zu, und als er neben ihm war, hob er es mit dem linken Arm hoch empor und setzte es im Weiterreiten sanft vor sich auf den Sattel nieder. Dann kehrte er zu dem Scheich zurück, welcher sich inzwischen gefasst hatte, und sagte: »Du bist zwar ein mir fremder Mann, aber du bist ein Faris. Du hast das, was meine Tochter selbst zur Bedingung gesetzt hat, ausgeführt und kannst demnach die Frau heimführen.«

Das Mädchen selbst hatte sogleich den Mann erkannt, für den sie überall am Wege Wasser und Brot zurückgelassen hatte. Sie war also trotz der Missstimmung und des Neides ihrer Stammesgenossen mit dieser Wendung des Schicksals sehr einverstanden und erklärte sich bereit, sobald es ihrem Gatten anstehe, in dessen Gefolge seine Heimat aufzusuchen.

Der Faris verbrachte also nur vierzehn Tage bei den Leuten unter den Zelten und brach dann mit seiner jungen Frau auf, um zunächst zu dem Gasr der sieben Brüder zu reiten.

Nach einem Marsche von wenigen Tagen sah der Faris das Gasr der Freunde aufsteigen. Die sieben Brüder ihrerseits hatten sorgfältig Ausschau gehalten und waren außerordentlich glücklich, als der, der gerade auf dem Turme die Wache hatte, herabrief, dass der Faris mit seiner Frau durch die Ebene daherkomme. In aller Eile rüsteten sie nun einen Raum für ihren Retter, um ihn und seine junge Frau würdig aufzunehmen, und die schöne Schwester war emsig beflissen, die besten Stoffe über dem Angareb auszubreiten, das dem Faris und seiner jungen Frau als Nachtlager dienen sollte und welches das gleiche war, auf dem sie der Ritter die erste Nacht gefunden und auf dem sie ihrem Retter so herzlich gedankt hatte.

Die sieben Brüder ritten aber dem Faris entgegen und begrüßten ihn als ihren besten Freund.

Als sie den Faris nun in das Gasr geleitet hatten, sagte der älteste von ihnen: »Mein Freund, der du unser aller Erretter bist, du hast unsere Schwester damals vor dem Drängen des schlechten und starken Freiers errettet. Wir hätten nun unsere Schwester sonst nicht gern aus unserer Mitte gelassen. Du aber hast dich um sie und uns so verdient gemacht und ihre und unsere Freundschaft in so hohem Grade zu gewinnen gewusst, dass wir dir unsere Schwester gern zur Frau geben, wenn du etwa ebenso wie sie selbst dieses wünschst.« Der Faris hörte diese Worte mit großer Freude und sagte: »Ich selbst bin eurer Schwester für den Dank, den sie mir gespendet hat, ebenso verpflichtet wie meiner andern Frau für das Wasser und das geröstete Brot, mit dem sie in der Wüste für mich gesorgt hat. Dass ihr euch ungern von der schönen Schwester trennt, sehe ich; wenn ich dennoch euer Anerbieten annehme, so geschieht es, weil ich eure Schwester ebenso liebe wie ihr selbst, und weil ich daheim meines Lebens nicht recht froh werden würde, wenn ich nicht diese schöne Frau auch in meinem Hause hätte. Wenn ich also meinem Vater früher dadurch ärgerlich wurde, dass ich kein Mädchen schön und würdig genug fand, es zu meiner Gemahlin zu erheben, so fürchte ich fast seine Eifersucht, wenn er nun zwei so schöne Wesen mit mir heimkommen sieht.«

Noch glücklicher aber als ihre sieben Brüder war die Schwester über die Rückkehr des Faris und die neuerliche Entscheidung ihres Schicksals, denn sie konnte sich in ihrer Erinnerung an die letzte Nacht, die der Faris in ihrer Kammer und auf ihrem Angareb verbracht hatte, nichts Schöneres wünschen als Gelegenheit zu finden, bis an ihr Lebensende immer wieder sich in Dankesbezeugungen gegen den Faris ergehen zu dürfen. Es wurde also auch diese Hochzeit in allgemeiner Fröhlichkeit begangen, und die sieben Brüder setzten ihren Stolz darein, in den nächsten Tagen in geschickter Abwechslung ihrem Gast die ausgewähltesten Gerichte auf den Platten und von den Sklaven darbieten zu lassen, die er selbst dem feindlichen Gasrherrn abgenommen und ihnen dann zum Geschenke gemacht hatte.

Nachdem der Faris einen Monat lang im Kreise der sieben befreundeten Brüder verbracht hatte, bereitete er sich auf die Heimkehr vor und trat diese in Begleitung seiner beiden Gemahlinnen an. Nachdem er von den sieben Brüdern herzlich Abschied genommen hatte, wandte er sich der Heimat zu und ritt auf einem möglichst kurzen Wege von dannen. Dieser Weg nun führte an einem Gasr vorbei, das ein starker Mann mit Namen Saidi Abd aus den Köpfen der Menschen, die er an der Straße überfallen und getötet hatte, aufgerichtet hatte, indem er sie an Stelle von Backsteinen verwendete. Als der Faris dieses Gebäude aus Schädeln sah, wurde er zornig über die Gewalttätigkeit des Saidi, und da er gern mit jenem kämpfen wollte, stieß er mit seiner Lanze gegen einen der Schädel, aus denen die Mauer des Gasr aufgeführt war. Der Schädel nun rollte in das Innere des Gasr, und da Saidi gerade in jenem Raum saß, diesem gerade vor die Füße. Saidi geriet nun auch in Zorn. Er schrie: »Warte! Du fremder Mann! Ich hoffe bald deinen Kopf an die Stelle des herausgeschlagenen setzen zu können. Warte nur ein wenig, du Fremder! Ich will mich schnell rüsten!«

Saidi kam heraus und sprang auf sein Pferd. Saidi schwang sein Schwert. Saidi schrie: »Seit Jahren warte ich auf einen Mann, der stärker ist als ich, aber jeder, den ich anfiel, hat sich als Schwächling gezeigt. Keiner hat es gewagt, mein Gasr zu berühren. Wie kommst du nun dazu?« Der Faris sagte: »Vielleicht bin ich der Mann, der stärker ist als du! Wehre dich also!« Der Faris und Saidi trafen aufeinander. Der Faris zerschlug das Schwert des Saidi. Dann ergriff er ihn und hob ihn hoch aus dem Sattel. Er warf ihn zu Boden und sagte: »Siehst du nun, dass ich der bin, der stärker ist als du?« Saidi sagte: »Mein Faris, ich war ein schlechter Mann, weil ich als Sklave geboren war, aber keinen fand, der stärker war, als ich es bin. Nun du mich überwunden hast, bitte ich dich um mein Leben und bitte dich, mich in deinem Dienste zu verwenden. Du kannst mir glauben, dass du keinen Mann finden kannst, der treuer an dir hängt als ich.« Der Faris sagte: »Komm mit mir. Ich werde sehen, was deine Worte und was deine Handlungen gelten.«

Der Faris ritt nun weiter der Heimat zu und brachte so statt einer Frau zwei Gattinnen und einen Sklaven mit. Der Vater begrüßte den Sohn und beglückwünschte ihn zu der Vermehrung seines Hausstandes. Anfangs war der Vater erfreut, seinen Sohn in solcher Gesellschaft heimkehren zu sehen; nachher aber begab es sich, dass der Vater die beiden jungen Frauen seines Sohnes sah. Da war er sehr erstaunt über deren Schönheit und sagte: »Was ist es, dass mein Sohn erst mit keiner Frau dieses Landes zufrieden ist und nachher nicht eine, sondern zwei aus andern Ländern bringt, deren jede unzählige Male schöner ist als ein Mädchen dieses Landes! Was soll es, dass ein Sohn so viel mehr und Besseres hat als sein Vater! Ich hatte nichts Besseres als mein Vater; mein Vater nichts Besseres als mein Großvater. Also soll mein Sohn auch nicht mehr haben als ich! Ich werde ihn also als Lohn für seine Vermessenheit totschlagen lassen. Dann fallen mir seine Frauen ohne weiteres zu!«

Der Vater sagte zu seinem Sohne: »Mein Sohn! Deine Häuser sind nicht groß und schön genug für deine zwei ausgezeichneten Frauen und den Freund Saidi, den du mitgebracht hast. Ich will dir also morgen einige Leute geben; mit denen kannst du in den Busch reiten und kannst dort die Hölzer schlagen lassen, die zum Bau nötig sind.« Der Vater ging. Als der Vater gegangen war, rief der Faris Saidi und sagte zu ihm: »Saidi, nun werde ich sehen, ob du mein Freund und treuer Diener bist. Mein Vater schickt mich morgen mit Leuten in den Busch. Ich habe beobachtet, wie mein Vater meine Frauen angesehen hat; ich glaube also, dass er vorhat, mir etwas antun zu lassen, um sich meiner Frauen zu bemächtigen. Ich weiß nicht, was mir geschieht und wann ich in der Lage sein werde zurückzukehren. Jedenfalls mache ich es dir zur Aufgabe, keinem Menschen, wer es auch sei, den Eintritt in mein Gasr zu gestatten und meine Frauen vor jedem Menschen zu schützen.« Saidi sagte: »Ich bin betrübt, dich in so schlechter Hoffnung zu sehen. Ich freue mich aber darüber, meine Treue in deinen Diensten beweisen zu können.«

Der Vater rief indessen einige seiner Leute zu sich und sagte ihnen: »Meine Diener, ihr werdet morgen mit meinem Sohn in den Busch gehen. Mein Sohn wird keine Waffen bei sich haben. Wenn ihr allein mit ihm im Busche seid, werft ihn nieder, stecht ihm die Augen aus und durchbohrt ihm das Herz. Als Beweis dafür, dass ihr meinen Auftrag ausgeführt habt, verlange ich von euch, dass ihr mir die ausgestochenen Augen und eine Flasche seines Blutes mitbringt!« Die Leute versprachen, den Befehl des Vaters zu befolgen. Am andern Morgen gingen sie zu dem Faris, sagten ihm, dass der Vater sie gesandt habe, für seinen Hausbau Holz zu schlagen, und dass er sie führen möge, dem Werke vorzustehen. Der Faris nahm also von seinen Frauen und Saidi Abschied und ging den Männern voran in den Busch.

Als der Faris mit den Männern weit in den Busch vorgedrungen war, kam der Führer der Leute an ihn heran und sagte: »Höre, es tut uns leid, dass wir diese Befehle ausführen müssen.« Damit sprang er mit seinen Genossen auf den Faris und warf ihn im Verein mit den andern rücklings zu Boden. Der Führer der Männer sagte zu dem Niedergeworfenen: »Unser Herr hat uns befohlen, dich zu töten und ihm dein Blut und deine Augen als Beweis der Ausführung mitzubringen. Das Blut kann ich nun anderwärts nehmen. Die Augen musst du mir aber geben.« Damit drückte der Führer dem Faris die Augen aus und ging mit den andern von dannen. Er ließ den Faris lebend liegen und begnügte sich damit, ihm seine Augen zu nehmen. Auf dem Rückwege töteten die Leute dann eine Gazelle und füllten von dem Blute in ein Gefäß. Dieses Gefäß voll Blut und die Augen brachten die Leute in die Ortschaft und sagten: »Herr, wir haben deinen Sohn getötet. Sieh! Hier sind seine Augen und hier ist von seinem Blute!«

Als der Vater hörte, dass sein Sohn getötet sei, begab er sich sogleich zum Hause seines Sohnes, um dessen Frauen zu nehmen. Vor dem Hause aber stand Saidi, und als der Vater hineingehen wollte, sagte Saidi: »Herr, in dies Haus darf niemand hineingehen, bis dein Sohn zurückkommt oder ich gestorben bin.« Der Vater sagte: »Wenn mein Sohn nun aber getötet ist, so werde ich, sein Vater, doch wohl hineingehen dürfen!« Saidi sagte: »Nein, Herr! Du kannst nicht hineingehen, es sei denn, dass du mich an dieser Stelle totschlagen lässt und über mich trittst!« Der Vater sagte: »Gut, ich werde Leute senden, die dich töten sollen.« Saidi sagte: »Es ist gut, ich werde mich rüsten und kämpfen.« Der Vater ging.

Am andern Morgen legte Saidi sein Sarad[7] an, ergriff

7 Panzerhemd

Harba[8] und Ssaif[9] und bestieg sein Djauwad[10]. Saidi ritt vor das Tor des Gasr und ritt vor dem Tore auf und nieder. Er sagte bei sich: »Ich freue mich auf den Kampf und bin nur traurig, dass ich nicht an der Seite meines Herrn kämpfen kann.« Saidi war noch nicht lange hin und her geritten, da kamen auch schon die Leute des Vaters des Faris in Waffen und auf Pferden und drangen auf Saidi ein. Saidi rief: »Ich bin bereit zum Kampfe. Geht nur ins Tor hinein!« Er schlug mit dem Schwert um sich, dass Panzerhemden, Schilde und Arme durchschnitten wurden. Er tötete einige der Leute und jagte die andern von dannen. Der Vater kümmerte sich aber wenig darum, dass er einige seiner Leute verloren hatte. Er sandte am andern Tage mehr und besser gerüstete Männer. Saidi jagte sie wie am Tage vorher von dannen. Der Vater ließ sich nicht abschrecken. Er sandte jeden Tag neue Leute zum Kampfe, und jeden Tag wurden sie von Saidi wieder geschlagen. Der Vater sagte: »Ich muss so ja längere Zeit auf den Besitz dieser schönen Frauen verzichten; aber einmal wird auch dieser Mann der Überzahl gegenüber lahm und müde werden.« Zunächst hatte der Vater sich aber noch in Geduld zu fassen, denn Saidi tötete jeden Morgen zehn oder zwanzig oder dreißig seiner besten Männer.

Inzwischen tastete der blinde Faris sich im Busche weiter. Als er einmal, traurig über sein Schicksal, unter einem Busche saß, schlängelte sich eine Schlange zu einem Vogelnest und hätte den darin befindlichen Vogel sicher verschlungen, wenn er nicht bis zu den Füßen des Faris geflattert wäre, der die Schlange verscheuchte und den kleinen

8 Speer
9 Schwert
10 gerüstetes Pferd

Vogel auf einen Ast setzte. Nach einiger Zeit kam ein größerer Vogel, das war die Mutter des Kleinen. Und das Kleine schrie: »Meine Mutter! Meine Mutter! Wenn der blinde Mann mich nicht aufgenommen und hierhergesetzt und die große Schlange, die mich verfolgte, weggescheucht hätte, dann wäre ich sicherlich von ihr verschlungen worden.« Der größere Vogel sagte: »So verdanke ich also die Erhaltung deines Lebens diesem Manne?« Der kleine Vogel sagte: »Ja, meine Mutter, der Mann hat mich gerettet. Der Mann ist aber blind.« Die Mutter sagte: »Ich weiß es, dieser Mann ist blind. Sein Vater hat ihm die Augen ausdrücken und sie zu sich in sein Haus bringen lassen; da liegen sie in einem Winkel.« Der kleine Vogel sagte: »Meine Mutter, du bist so stark, könntest du nicht hinfliegen und die Augen des Mannes wiederbringen?« Die Mutter sagte: »Ja, mein Kind, der Mann hat dir das Leben gerettet; nun will ich ihm die Augen wiederbringen.«

Der größere Vogel flog zu dem Gasr des Vaters. Der Vogel suchte im Hofe und fand die Augen des Faris im Staube eines Hofwinkels liegen. Darauf nahm der Vogel die Augen auf, flog zu einem Brunnen und wusch die beiden Augen sorgfältig. Dann trug er sie in den Busch, wo der Faris gerade im Schlafe lag und setzte sie dem Faris wieder ein. Nun machte der Vogel aber eine Verwechslung, indem er das rechte Auge in die linke Höhle, das linke in die rechte fügte. Das hatte nun zur Folge, dass der Faris nun wohl noch schöner aussah als früher, dass man ihn aber deshalb so leicht nicht wiedererkennen konnte. Als der Faris aber erwachte, dachte er, all sein Unglück geträumt zu haben, denn als er die Augen aufschlug, konnte er sehen. Der Faris hörte zwar die Vögel über seinem Kopfe in den Büschen singen und zwitschern, er verstand sie aber nicht.

Der Faris, der nun wieder sehen konnte, begab sich sogleich auf den Heimweg. Er kam an seinem Gasr am Nachmittag an. Saidi lag am Ausgang auf einer Matte. Der Faris setzte sich zu ihm. Er merkte, dass der Saidi ihn nicht erkannte, weil er nun schöner und jünger aussah. Er sagte zu Saidi: »Ich bin ein fremder Mann. Sage mir doch, was es hier für Dinge gibt.« Saidi sagte: »Es gibt hier nicht Besonderes. Ich verteidige nur jeden Tag das Gasr meines Herrn gegen Leute, die der Vater meines Herrn ausschickt. Mein Herr ist nämlich ein wenig auf Reisen. Morgen nun wird der Vater meines Herrn einen Mann gegen diesen Gasr senden, der stark ist und früher der Freund meines Herrn war. Da werde ich wieder kämpfen. Anderes Neues weiß ich nicht.« Der Fremde sagte: »Dann kann ich, der Fremde, dir mehr Neues von hier sagen! Dein Herr, mein Saidi, ist nämlich wiedergekommen!« Saidi sprang auf! Saidi erkannte seinen Herrn!

Der Faris sagte: »Ich werde morgen selbst gegen meinen Feind reiten und ihn gefangen nehmen. Du aber reite zum Gasr meines Vaters. Ich danke dir für deine Freundschaft. Wir wollen immer Freunde bleiben.« Der Faris ging hinein zu den Frauen.

Wie der Faris es angeordnet hatte, so geschah es.

Von Stärke und Weisheit – Südafrikanische Märchen

Ich könnte alles vor mir zerschmettern wie ein Löwe
Und trete doch nur schüchtern wie ein Hase auf.
Ein Zerstörer, stark wie ein Galolbaum, könnte ich sein,
Und bin nachgiebig wie die biegsame Boopflanze.

Eigenlob

Sabulana, die Freundin der Götter

Südostafrika

Die Leute von Machaquene pflegten den Sumpf und die Hügel zu beackern. Ihre Felder brachten viele Jahre lang im Überfluss Ertrag, aber niemals brachten sie ihren Göttern ein Opfer dar.

Und wieder in einem Jahr ackerten sie und pflanzten, aber nichts wuchs. Hungersnot brach aus, weil nichts wuchs. Da zogen sie fort, siedelten sich auf dem Hügel an und säten dort allerhand. Aber auch da wollte nichts wachsen.

Da nahmen die Männer des Landes eines schönen Tages ihre Hunde und gingen auf die Jagd. Sie stöberten mehrere Feldtiere auf, die Hunde verfolgten sie, und sie flüchteten in die Sümpfe. Die Jäger machten sich an die Verfolgung, und als sie ankamen, bemerkten sie, dass das, was sie früher gepflanzt hatten, jetzt gewachsen war. Als sie nun aber ein Zuckerrohr abbrechen wollten, um es auszusaugen, ließ es sich nicht abbrechen.

Sie versuchten eine Kartoffel auszureißen, um hineinzubeißen, unmöglich. Sie wollten Bananen pflücken, die aber ließen nicht los.

Da traten aus dem nächsten Wald die Götter heraus und verjagten sie. Zuerst fielen sie über den Häuptling her, sprangen dann auf seinen Ratgeber los, dann auf alle seine anderen Untertanen. Da flohen sie alle. Die Götter riefen ihnen zu:

»Wer hat euch die Erlaubnis gegeben, hierher zu kommen und hier herumzuwühlen, Zuckerrohr abzubrechen und Kartoffeln auszureißen! Hütet euch heute, wir halten euch fest!«

Die Leute rannten, brachten sich gegenseitig zu Fall, ohne es zu wollen, und stürzten kopfüber hin. Sie kamen zu Hause an und erzählten, was ihnen geschehen war. Dann gingen sie schlafen.

Am andern Morgen bei Tagesanbruch ließen die Frauen ihren Weckruf ertönten, indem sie sich gegen die Lippen schlugen: »*Bu-bu-bu-bu-bu!*« und sagten:

»Lasst uns zum trockenen Holz gehen!«

Sie kamen auf das Feld, an den Ort, wo vertrocknete Bäume standen und sammelten Äste, um sie zusammenzubündeln. Sie nahmen Schnüre, breiteten sie auf der Erde aus und häuften das Holz darüber. Dann fingen sie an, noch kleine Zweige zu suchen, um ihre Schnüre recht straff anzuziehen, indem sie sie drehten, so dass ihre Bündel gut befestigt waren.

Die Älteste wollte diese kleinen Zweige brechen und kam an einen Baum, von dem etwas Wasserähnliches herunterfloss. Es tropfte auf ihre Hand. Sie sagte:

»Halt, was für eine Flüssigkeit kommt denn hier herunter?«

Sie kostete, es war Honig. Sie sagte bei sich:

»Woher kommt dieser Honig?«

Sie sah an dem Baumstamm in die Höhe: Er war üppig gewachsen, dicht belaubt, und da entdeckte sie wirklich in einem Loch Honigwaben. Sie griff hinein … – da brach ihre Hand ab und blieb oben kleben!

Sie schwieg, versteckte ihren verstümmelten Arm und rief eine andere Frau, zu der sie sagte:

»Du, komm doch einmal her und schneide einige kleine Stöcke hier ab, dann können wir zusammen nach Hause zurückkehren.«

Die andere kam.

»Ich habe dich gerufen«, sagte die Alte, »weil auf diesem Baum Honig ist. Siehst du ihn?«

Die Junge fasste mit der Hand hinein. Aber als sie davon nehmen wollte, brach ihre Hand ab. Sie schrie:

»Oh, oh, was für ein Unglück!«

»Schweig!«, erwiderte die Alte, »sieh mich an, mir ist es gerade so ergangen.«

Dann riefen sie die anderen Frauen. Eine nach der anderen fasste mit der Hand hinein: Alle Hände brachen ab!

Nur ein junges Mädchen, mit Namen Sabulana, war noch übrig. Sie riefen sie, aber sie weigerte sich zu kommen.

»Meint ihr, ich wüsste nicht, dass ihr beim Waldschrat da seid? Vorwärts! Ich werde euch eure Bündel zusammenschnüren und sie euch auf den Kopf geben, und dann können wir gehen.«

So geschah es denn. Sie trug ebenfalls ihr Holz und unterwegs begann sie:

»Oh, oh, oh, diese Verstümmelten, diese Verstümmelten!«

Im Dorfe angekommen, sang sie noch:

»Diese Verstümmelten, diese Verstümmelten!«

Die Männer aus dem Dorf sagten zu ihr:

»Was bedeutet das, was du da singst: diese Verstümmelten?«

Sie antwortete:

»Seht euch doch eure Frauen an, die sind in einem schönen Zustand. Da sie keine Hände mehr haben, lasst sie in einer Hütte zusammen schlafen, und ihr könnt die ganze Nacht unausgesetzt die Zauberwürfel werfen.«

Nun bezeichneten die Zauberwürfel gerade Sabulana als die, die ins heilige Holz gehen sollte, um zu opfern. Ihre Mutter wehrte sich dagegen und sagte:

»Gibt es nicht genug andere Erwachsene, die sich dieser Aufgabe unterziehen könnten?«

Aber Sabulana sagte:

»Lass nur, Mutter!«

Als der Tag anbrach, versammelten sich die Leute des Landes ganz früh und gingen in den heiligen Wald. Sie setzten sich draußen davor hin und wagten nicht, hineinzugehen. Nur Sabulana drang hinein und fand alle Götter versammelt. Sie gaben ihr einen Sitz, darauf nahm sie Platz, sie begrüßten sie, sie erwiderte den Gruß. Sie sagten zu ihr:

»Wie kommt es, dass du es wagst, hierherzukommen, während die gereiften Männer Furcht haben? Sage uns, was du hier willst?«

Sie antwortete, also singend:

»Ich bin Sabulana! Ich bin Sabulana,
Tochter der Steppe!
Ich bin die Tochter der Steppe,
Ich bin Sabulana, Sabulana.«

Darauf sagte der eine Gott zu seinem Gefährten:

»Sag einmal, weißt du noch, was sie eben gesungen hat?«

Der andere sagte:

»Potztausend nein, ich habe es vergessen.«

Und alle fügten hinzu:

»Ich habe es auch vergessen.«

Sie baten sie von neuem anzufangen, und sie sang wieder:

»Ich bin Sabulana, die Tochter der Steppe.«

Darauf nahmen sie Mais und alle Erzeugnisse des Sumpfes, Kürbisse, Reis und alle Arten Reichtümer und gaben sie ihr.

Die Götter riefen ihre Kinder, dass sie diese Schätze vor den Wald hinaustragen sollten, denn die Männer hatten nicht gewagt, hineinzukommen. Und sie sagten zu dem jungen Mädchen:

»Sage deinen Leuten, dass sie dies alles im Dorf verteilen sollten.«

Sie trat aus dem Wald heraus und befahl den Leuten, ihr zu helfen. Sie gehorchten und darauf bekamen alle Frauen ihre Hände wieder.

Sabulana kehrte in den heiligen Wald zurück. Die Götter sagten:

»Erkläre deinem Volk, dass sie gesündigt haben, weil sie die Felder bebaut und geerntet haben, ohne uns Ehrerbietung zu beweisen. Aber jetzt mögen sie mit Körben und Säcken kommen, um Vorräte einzusammeln, jeder so viel, wie sein Kopf tragen kann. Denn jetzt sind wir glücklich, dass sie wieder zu uns beten.«

Eines Tages drang sie wieder in den Wald ein, und sie sagten zu ihr:

»Tue ihnen noch kund, dass wir erzürnt sind auf unsere Kinder, weil sie aßen und uns nichts opferten. Wer, meinst du, hinderte den Mais am Wachsen? Das kommt, weil ihr so oft gesündigt habt. Und ebenso, als ihr zum Jagen kamt und die Hunde die wilden Tiere bis in den Sumpf verfolgten: Wie habt ihr es wagen können, die Erzeugnisse der Felder aufzusammeln und darin mit den Händen herumzuwühlen?«

Sie ging und teilte ihnen alles mit.

Sabulana war die Tochter eines kleinen Häuptlings, sie war aus königlicher Familie. Nun gab man ihr und ihrer Mutter die Königswürde über das ganze Land.

Das ist das Ende.

Das Weisheitskrämerchen und der kundige Blinde

Südafrika und Namibia

Ein Mädchen, so erzählt man, ging aus, um Zwiebeln zu suchen. Als sie nun an den Platz kam, wo dieselben wuchsen, traf sie mit mehreren Männern zusammen, worunter ein Blinder[1] war. Als sie nun nach Zwiebeln grub, halfen ihr die Männer dabei. Sobald ihr Sack voll war, sprachen sie zu ihr: »Geh nun und sage den andern Mädchen Bescheid, auf dass Eurer mehrere hierherkommen.«

So ging sie denn heim und erzählte ihren Gefährtinnen davon; dann machten sie sich des andern Morgens früh auf. Ein kleines Mädchen aber folgte ihnen; da sagten die andern: »Lasst die Kleine doch heimgehen!« Ihre ältere Schwester aber tat Einspruch dagegen und sagte: »O, sie läuft ja allein, Ihr braucht sie nicht ins Awafell[2] zu nehmen.«

So machten sie sich denn miteinander auf den Weg, und als sie den Platz erreicht hatten, wo die Zwiebeln wuchsen, begannen sie zu graben. Das kleine Mädchen aber bemerkte Fußspuren und sagte zu der, die sie dahin geführt hatte: »O Wunder! Woher nur so viel Spuren? Bist Du denn nicht allein hier gewesen?« Die andre gab zur Antwort: »Ich ging hin und her und schaute mich um, darum müssen wohl viele Fußspuren sein!« Trotzdem wollte die Kleine es nicht glauben, dass dort so viel Spuren sein könnten, wenn das andere Mädchen allein gewesen wäre, und sie blieb unru-

1 oder Halbblinder, Einäugiger

2 Fell, das als Tasche auf dem Rücken getragen wird

hig, denn sie war ein Weisheitskrämerchen. Von Zeit zu Zeit erhob sie sich von ihrer Arbeit und guckte sich um, wobei sie einmal zufälligerweise die Höhle eines Erdschweins entdeckte. Später bemerkte sie einige Männer, aber sie wurde nicht von ihnen gesehen.

Darauf kehrte sie zurück und grub weiter mit den andern Mädchen, ohne jedoch irgendetwas von dem zu erwähnen, was sie gesehen hatte. Mitten in ihrer Arbeit erhob sie sich indes beständig und schaute um sich. Da fragten die andern sie: »Wonach guckst Du denn so viel und gräbst nicht? Was ist das für ein Mädchen!« Sie aber arbeitete stillschweigend fort. Als sie sich wieder erhob, sah sie die Männer sich nähern.

Der Einäugige aber blies auf dem Rohre; und er blies also: »Heute soll Blut fließen, Blut fließen, Blut fließen!« Die Kleine verstand, was auf dem Rohre geblasen wurde, und sagte zu den Größeren, die im Tanzen begriffen waren: »Versteht Ihr auch wohl, was auf dem Rohre geblasen wird?« Die aber sagten nur: »Was ist das doch für ein Kind!« Da ging sie und tanzte mit den andern, trug aber Sorge, inzwischen ihrer Schwester Fellmantel an dem ihrigen zu befestigen.

Als der Tanz allmählich geräuschvoller wurde, benutzten sie eine Gelegenheit, um zu entschlüpfen.

Unterwegs fragte die kleine Schwester: »Verstehst Du auch das Rohr; ich meine, was darauf geblasen wird?« Sie gab zur Antwort: »Nein, ich verstehe es nicht.« Da erklärte die Kleine ihr, das Blasen auf dem Rohre bedeute: »Heut soll Blut fließen!«

Während sie nun dahinwandelten, ließ die Kleine die ältere Schwester vorangehen und folgte selbst, wobei sie rückwärts schritt und fürsorglich in ihrer Schwester Fußstapfen trat, so dass sie nur eine Reihe von Fußspuren hinterließen, die noch dazu in der verkehrten Richtung liefen. So kamen sie zu des Ameisenfressers Höhle.

Die Männer aber töteten alle Mädchen, die mit ihnen tanzten. Da nun die ältere der beiden Entflohenen deren erbärmliches Geschrei hörte, sprach sie: »Ach, meine Schwester!« Aber die Jüngere erwiderte: »Meinst Du, Du würdest noch am Leben sein, wärst Du dortgeblieben?«

Nun vermisste der Einäugige zuerst die Schwestern und sprach zu den andern: »Wo mögen die beiden hübschen Mädchen sein, die mit mir getanzt haben?« Die andern aber spotteten seiner und riefen: »Er lügt; er hat mit seinem einzigen Auge gesehen!« Einauge aber beharrte dabei, dass wirklich zwei Mädchen fehlten.

Da machten sie sich auf, ihre Spur zu finden; die Fußspuren waren indessen genügend verwischt, um sie in die Ferne zu leiten.

Als die Männer nun bei der Grube des Ameisenfressers ankamen und bemerkten, dass die Spuren nicht weitergingen, spähten sie in das Loch hinein, sahen aber nichts. Da guckte Einauge auch hinein, erblickte die Mädchen und rief laut: »Da sitzen sie ja!« Die andern guckten nun wieder, sahen aber immer noch nichts, da die Mädchen sich mit Spinnweben bedeckt hatten.

Da nahm einer der Männer eine Assegaie[3], stieß sie von oben in die Höhle hinein und traf damit die Ferse der Großen; das Weisheitskrämerchen aber hielt die Assegaie fest und wischte das Blut ab, und als die Große schreien wollte, warnte die Kleine sie, es nicht zu tun.

Als Einauge wiederum hineinspähte, glotzte die Kleine

3 Speer

ihn an. Er sagte: »Da sitzt sie ja!« Die andern guckten auch hinein, da sie aber noch immer nichts wahrnahmen, so sprachen sie spottend: »Er hat wieder mit seinem Auge gesehen.«

Endlich bekamen die Männer Durst und sprachen zu Einauge: »Bleib hier, und wir wollen trinken gehen, und wenn wir wieder da sind, magst auch Du gehen.«

Als Einauge nun allein dort war, sprach die Kleine so zu ihm (in einer Beschwörungsformel):

»Du schmutziger Sohn Deines Vaters,
Bist Du dort? Bist Du allein nicht durstig?
O Du schmutziges Kind Deines Vaters,
Schmutziges Kind Deines Vaters!«

»Allerdings bin ich durstig!«, sagte Einauge und ging davon.

Nun kamen die beiden Mädchen aus der Grube heraus, und die Kleine nahm ihre ältere Schwester auf den Rücken, und sie gingen von dannen. Da sie nun aber über die kahle, buschlose Fläche gingen, erblickten die Männer sie und riefen: »Da sind sie, in der Ferne!«, und sie eilten ihnen nach.

Als die Männer ihnen nahekamen, verwandelten die beiden Mädchen sich in Dornsträucher von der Art, die man »Wacht-een-bitje[4]« nennt, und die Perlen, welche sie trugen, wurden zu Gummi an den Bäumen. Da aßen die Männer von dem Gummi und fielen in tiefen Schlaf.

Da sie nun schliefen, bestrichen die Mädchen der Männer Augen mit Gummi und machten sich auf und davon; die Männer ließen sie aber in der Sonne liegen.

4 ›Wart ein Weilchen‹

Die Mädchen waren schon nahe bei dem Kraal[5], als Einauge erwachte und rief:

»O Schande! Pfui über Dich!
Die Augen sind uns verklebt!
Pfui über Dich, mein Bruder!«

So nahmen sie den Gummi von ihren Augen und jagten hinter den Mädchen einher. Die aber kamen unversehrt nach Hause und teilten ihren Eltern mit, was geschehen war.

Da weinten und wehklagten alle. Sie blieben jedoch ruhig daheim, ohne nach den andern Mädchen zu suchen.

5 ringförmige Siedlung

Der Tausendkünstler der Ebene

Mosambik

Ein Mann und eine Frau bekamen zuerst einen Jungen, darauf ein Mädchen. Als das Mädchen zur Heirat gekauft worden war, sagten die Eltern zum Sohne: »Nun haben wir eine Herde zu deiner Verfügung. Jetzt ist für dich der Augenblick gekommen, dir eine Frau zu nehmen. Wir werden dir eine hübsche Ehefrau aussuchen, deren Eltern ehrenwerte Leute sind.«

Doch er weigerte sich entschieden.

»Nein«, sagte er, »gebt euch nur keine Mühe. Die Mädchen, die es hier gibt, mag ich alle zusammen nicht leiden. Wenn ich durchaus heiraten soll, werde ich mir selbst aussuchen, was ich haben will.«

»Mach es, wie du willst«, sagten seine Eltern, »aber wenn du später Unglück hast, ist es nicht unsere Schuld.«

Er machte sich auf, verließ das Land und ging sehr, sehr weit in eine unbekannte Gegend. Als er in ein Dorf kam, sah er dort junge Mädchen, einige zerstampften Mais, andere kochten. Er traf im Stillen eine Wahl und sprach bei sich: »Die da gefällt mir.«

Dann ging er zu den Männern des Dorfes.

»Guten Tag, Väter«, sagte er.

»Guten Tag, junger Mann, was wünschest du?«

»Ich möchte eure Töchter ansehen, denn ich will mir eine Frau nehmen.«

»Schön, schön, wir werden sie dir zeigen, und du kannst dann wählen!«

Man führte sie alle an ihm vorüber, und er bezeichnete die, welche er haben wollte. Sie gab auch sofort ihre Zustimmung.

»Deine Eltern werden uns wohl noch besuchen und uns selbst den Brautschatz bringen?«, sagten die Eltern des jungen Mädchens.

»Ganz und gar nicht«, antwortete er, »ich habe meinen Brautschatz bei mir. Nehmt ihn, hier ist er!«

»Dann«, fügten sie hinzu, »werden sie aber doch später kommen, um dir deine Gattin zuzuführen?«

»Nein, nein, ich fürchte, sie würden euch nur kränken mit ihren harten Ermahnungen für das Mädchen. Lasst sie mich nur gleich mitnehmen.«

Die Eltern der Jungverheirateten willigten denn auch darin ein und nahmen sie nur noch einmal in einer Hütte beiseite, um ihr Verhaltungsmaßregeln zu geben: »Sei gut gegen deine Schwiegereltern und pflege deinen Mann ordentlich!«

Dann boten sie den jungen Eheleuten noch eine jüngere Tochter an, die ihnen bei der Hausarbeit helfen sollte. Aber die Frau wies sie zurück. Darauf bot man ihr zwei an, zehn, zwanzig, die sie selbst wählen sollte.

»Nein«, beharrte sie, »ihr könnt mir den Büffel des Landes, unsern Büffel, geben, den Tausendkünstler der Ebene, der kann mir dienen.«

»Wieso denn«, sagten sie, »du weißt, dass unser aller Leben von ihm abhängt, hier wurde er gut genährt und gepflegt, aber was willst du im fremden Land mit ihm anfangen? Er wird hungern, sterben, und wir alle werden dann mit ihm sterben.«

»Aber nein«, sagte sie, »ich werde ihn schon gut pflegen.«

Ehe sie ihre Eltern verließ, nahm sie noch einen Topf mit

einem Päckchen medizinischer Wurzeln mit, ein Horn zum Schröpfen, ein kleines Messer zum Einschneiden und einen Flaschenkürbis voll Fett.

Dann brach sie auf mit ihrem Mann. Der Büffel folgte ihnen, er war aber nur ihr sichtbar. Der Mann sah ihn nicht, er hatte keine Ahnung, dass der Tausendkünstler der Ebene der Diener war, der seine Frau begleitete.

Als sie in das Dorf des Gatten zurückgekehrt waren, wurden sie mit Freudengeschrei empfangen: »*Hojo, hojo, hojo!*«

»Nun sieh mal«, sagten die Alten, »nun hast du also doch eine Frau gefunden! Du hast keine von denen gewollt, die wir dir vorgeschlagen haben, aber das macht ja nichts, es ist schon gut so. Du hast deinen Kopf durchgesetzt. Wenn du einmal Feinde hast, darfst du dich nicht beklagen.«

Der Mann begleitete seine Frau auf die Felder und zeigte ihr, welches die seinen wären und welches die seiner Mutter. Sie merkte sich alles und kehrte mit ihm zum Dorfe zurück. Unterwegs aber sagte sie: »Ich habe meine Perlen auf dem Felde verloren, ich muss umkehren, um sie zu suchen.«

In Wirklichkeit wollte sie nach dem Büffel sehen. Zu ihm sagte sie: »Hier ist die Grenze der Felder. Bleibe hier! Und dann ist hier noch ein Wald, in dem du dich verstecken kannst.«

»Es ist recht«, antwortete er.

Wenn sie Wasser haben wollte, ging sie nur über die bestellten Felder und setzte den Krug vor dem Büffel nieder. Dieser lief damit an den See, schöpfte ihn voll und brachte seiner Herrin das volle Gefäß wieder. Wenn sie Holz haben wollte, ging er ins Dickicht, brach mit seinen Hörnern Bäume ab und brachte ihr, so viel wie sie brauchte. Die Leute im Dorf verwunderten sich.

»Was hat sie für Kraft«, sagten sie, »sofort ist sie immer wieder vom Brunnen zurück, und in einem Augenblick hat sie immer ihr Bündel trockenes Holz gesammelt.«

Aber niemand ahnte, dass ein Büffel ihr zur Seite stand wie ein kleiner Bedienter.

Nur zu essen brachte sie ihm nichts, denn sie hatte nur einen Teller für sich und ihren Mann. Ja, zu Hause, da hatte man für den Tausendkünstler besonders einen Teller gehabt und ernährte ihn sorgfältig. Hier hatte der Büffel Hunger. Sie brachte ihm ihren Krug und schickte ihn ans Wasser, er ging auch hin, aber den quälenden Schmerz des Hungers fühlte er doch.

Sie zeigte ihm eine Ecke im Gestrüpp, die er urbar machen sollte. In der Nacht nahm der Büffel eine Hacke und machte ein weites Feld daraus.

»Wie geschickt ist sie«, sagte jeder, »und wie schnell hat sie gearbeitet!«

Abends aber sagte er zu seiner Herrin: »Ich habe Hunger, und du gibst mir nichts zu essen, ich kann bald nicht mehr arbeiten!«

»Ach weh«, sagte sie, »was mache ich nur? Wir haben nur einen Teller im Hause. Die Leute hatten recht bei uns, wenn sie sagten, du müsstest anfangen zu stehlen; ja, stiehl doch! Gehe hier in mein Feld und nimm dir hier und da eine Bohne! Dann gehe wieder weiter! Raube nicht alle vom selben Fleck, dann werden die Besitzer es vielleicht gar nicht allzu sehr gewahr und werden nicht gleich vor Schreck umfallen.«

Während der Nacht kam der Büffel. Er verschlang hier eine Bohne und da eine, sprang von einer Ecke in die andere und floh schließlich wieder in sein Versteck. Als die Frauen am nächsten Morgen auf die Felder kamen, trauten sie ihren Augen nicht: »Heh, heeeh, was ist hier los? So etwas haben wir noch nicht erlebt! Ein wildes Tier hat unsere Anpflanzungen vernichtet! Man kann seine Spuren verfolgen. Hoh, das arme Land!«

Sie liefen zurück und erzählten im Dorf die Geschichte.

Abends sagte die junge Frau zum Büffel: »Sie waren ja sehr bestürzt, aber doch nicht allzu sehr. Auf den Rücken gefallen sind sie nicht. Dann stiehl diese Nacht nur weiter!«

Und so geschah es. Die Besitzerinnen der verwüsteten Felder schrien laut, sie wandten sich an die Männer und baten sie, ihnen die Wächter mit Flinten zu holen.

Nun war der Mann der jungen Frau ein sehr guter Schütze. Er stellte sich in seinem Feld auf die Lauer und wartete. Der Büffel dachte, dass man ihm da, wo er den Abend vorher gestohlen hatte, vielleicht auflauern würde, und ging zu den Bohnen seiner Herrin, da, wo er zuerst gegrast hatte.

»Halt«, sagte der Mann, »das ist ein Büffel. Den hat man hier noch nie gesehen, das ist ein fremdes Geschöpf.«

Er schoss. Die Kugel drang dicht beim Ohr in die Schläfe ein und kam auf der anderen Seite an der entsprechenden Stelle wieder heraus. Der ›Tausendkünstler der Ebene‹ überschlug sich und fiel tot nieder.

»Das war ein guter Schuss!«, rief der Jäger und verkündete es im Dorf.

Nun fing die Frau an zu jammern und sich zu winden: »Oh, ich habe Leibschmerzen, oh, oh!«

»Beruhige dich«, sagte man ihr. Sie schien krank zu sein, aber in Wirklichkeit wollte sie nur erklären, warum sie so weinte und so bestürzt war, als sie von dem Tode des Büffels hörte. Man gab ihr Medizin, aber sie goss sie weg, ohne dass die anderen es sahen.

Alles machte sich auf, Frauen mit Körben, Männer mit

Waffen, um den Büffel zu zerstückeln. Sie blieb allein im Dorf zurück. Aber bald ging sie ihnen nach, hielt sich den Leib, wimmerte und schrie.

»Was fällt dir ein, hierher zu kommen«, sagte ihr Mann, »wenn du krank bist, bleibe doch zu Hause!«

»Nein, allein wollte ich nicht im Dorf bleiben.«

Ihre Schwiegermutter schalt und sagte, sie wisse gar nicht, was sie täte, den Tod könnte sie sich hiervon holen. Als sie die Körbe mit Fleisch gefüllt hatten, sagte sie: »Lasst mich den Kopf tragen!«

»Nein, du bist krank, der ist viel zu schwer für dich.«

»Nein«, sagte sie, »lasst mich nur!«

Sie lud ihn auf und trug ihn. Im Dorfe angelangt, ging sie, anstatt ins Haus zu treten, in den Verschlag, wo die Kochtöpfe standen und legte hier den Kopf des Büffels ab. Hartnäckig blieb sie auch da. Ihr Mann suchte sie, um sie in die Hütte zu holen, er sagte, dort wäre sie besser aufgehoben. Aber sie entgegnete ihm nur hart: »Störe mich nicht!«

Dann kam ihre Schwiegermutter und sprach ihr sanft zu.

»Warum quält ihr mich?«, sagte sie unfreundlich, »wollt ihr mich denn gar nicht ein wenig schlafen lassen?«

Man brachte ihr Nahrung, aber sie stieß sie von sich. Die Nacht kam. Ihr Mann ging zur Ruhe, aber er schlief nicht, sondern horchte hinaus.

Sie holte sich Feuer, kochte in ihrem kleinen Topf Wasser und schüttete da hinein das Paket Medizin, das sie mitgebracht hatte. Dann nahm sie den Kopf des Büffels und machte mit ihrem Rasiermesser Einschnitte vor dem Ohr, an der Schläfe, da, wo die Kugel das Tier getroffen hatte. Dort setzte sie das Schröpfhorn an und sog, sog aus Leibeskräften, und es gelang ihr, erst einige Stücke geronnenes Blut herauszuziehen und dann flüssiges Blut. Hierauf setzte sie die fragliche Stelle dem Wasserdampf aus, der aus dem Kochtopf kam, nachdem sie sie ganz und gar mit dem Fett, das sie im Flaschenkürbis aufbewahrte, eingerieben hatte. Das linderte. Dann sang sie so:

»Ach, mein Vater, Tausendkünstler der Ebene,
wohl haben sie es mir gesagt,
wohl haben sie es mir gesagt,
Tausendkünstler der Ebene,
Sie haben mir gesagt:
Du wirst durch tiefe Finsternis gehen,
nach allen Seiten wirst du durch die Nacht irren,
Tausendkünstler der Ebene;
Du bist die junge Wunderbaumpflanze,
erwachsen aus Trümmern,
die vor der Zeit stirbt,
aufgezehrt von einem nagenden Wurm …
Du ließest Blumen und Früchte
auf deinen Weg fallen,
Tausendkünstler der Ebene!«

Als sie ihre Beschwörungsformel beendet hatte, rührte sich der Kopf, die Glieder wuchsen wieder, der Büffel fühlte sich wieder lebendig werden, schüttelte Ohren und Hörner, richtete sich auf und streckte seine Glieder.

Da aber trat ihr Mann heraus, der in der Hütte nicht schlafen konnte, und sagte: »Was hat nur meine Frau so lange zu weinen? Ich muss nachsehen, warum sie diese Seufzer ausstößt!« Er trat in den Verschlag und rief sie. Aber im höchsten Zorn antwortete sie: »Lass mich!«

Doch da fiel der Kopf des Büffels wieder zur Erde, tot, durchbohrt, wie vorher.

Der Mann kehrte in die Hütte zurück, er hatte nichts von alledem verstanden und nichts gesehen. Darauf nahm sie von neuem den Kochtopf, kochte die Medizin, machte Einschnitte, setzte den Schröpfkopf an, setzte die Wunde dem Dampf aus und sang wie vorher:

»Ach, mein Vater, Tausendkünstler der Ebene,
wohl haben sie es mir gesagt,
wohl haben sie es mir gesagt,
Tausendkünstler der Ebene,
Sie haben mir gesagt:
Du wirst durch tiefe Finsternis gehen,
nach allen Seiten wirst du durch die Nacht irren,
Tausendkünstler der Ebene;
Du bist die junge Wunderbaumpflanze,
erwachsen aus Trümmern,
die vor der Zeit stirbt,
aufgezehrt von einem nagenden Wurm …
Du ließest Blumen und Früchte
auf deinen Weg fallen,
Tausendkünstler der Ebene!

Noch einmal richtete sich der Büffel auf, seine Glieder wuchsen, er fühlte sich wieder lebendig werden, schüttelte seine Ohren und Hörner, reckte sich – da kam wieder der Mann, beunruhigt, um nachzusehen, was seine Frau machte. Da wurde sie zornig gegen ihn. Er aber ließ sich in dem Verschlag nieder, um zu beobachten, was da vorging. Da nahm sie ihr Feuer, ihren Kochtopf, alle übrigen Gegenstände und ging hinaus. Dann riss sie Gras aus, um die Glut anzufachen, und begann ein drittes Mal, den Büffel vom Tode zu erwecken.

Der Morgen brach schon an, da kam ihre Schwiegermutter – und wieder fiel der Kopf zur Erde. Der Tag erschien, und die Wunde verschlimmerte sich.

Sie sagte zu ihnen: »Ich möchte ganz allein im See baden gehen.«

Man antwortete ihr: »Aber wie wirst du denn hinkommen, du bist krank.«

Sie machte sich auf den Weg, kam wieder zurück und sprach: »Unterwegs habe ich einen von zu Hause getroffen, er sagte mir, dass meine Mutter sehr krank sei. Ich sagte ihm, er solle bis zum Dorf kommen, er weigerte sich aber und sagte: ›Man wird mir Nahrung anbieten, und das würde mich nur aufhalten.‹ Er ist sofort weitergegangen und sagte mir noch, ich solle mich beeilen, aus Furcht, dass meine Mutter vor meiner Ankunft sterben könnte. Lebt also wohl, ich gehe fort!«

Das waren natürlich alles Lügen. Sie hatte den Gedanken, an den See zu gehen, gehabt, um diese Geschichte einzufädeln und einen Grund zu haben, um den Ihren die Nachricht vom Tode des Büffels zu bringen. Sie ging fort, den Korb auf dem Kopf und auf dem ganzen Weg den Schlussvers des Tausendkünstlers der Ebene singend. Überall rotteten sich hinter ihr die Leute zusammen und begleiteten sie ins Dorf. Da tat sie ihnen kund, dass der Büffel nicht mehr lebte.

Da sandte man nach allen Richtungen Boten aus, um die Bewohner des Landes zu versammeln. Sie machten der jungen Frau schwere Vorwürfe und sagten: »Siehst du wohl? Wir hatten es dir gesagt. Du wiesest aber alle jungen Mädchen zurück und wolltest durchaus den Büffel haben. Jetzt hast du uns alle getötet!«

So weit waren sie, als der Mann, der seiner Frau in das

Dorf gefolgt war, erschien. Er lehnte seine Flinte gegen einen Baumstamm und setzte sich. Sie begrüßten ihn, indem sie riefen: »Sei gegrüßt, Verbrecher, sei gegrüßt! Du hast uns alle getötet.«

Er verstand das nicht und fragte sich, wie man ihn Mörder und Verbrecher nennen könnte.

»Einen Büffel habe ich wohl getötet«, sagte er, »aber das ist auch alles.«

»Ja, aber dieser Büffel war der Beistand deiner Frau. Er schöpfte Wasser für sie, schnitt Holz, arbeitete im Felde.«

Ganz erstaunt sagte der Mann: »Warum habt ihr mich das nicht wissen lassen, dann hätte ich ihn nicht getötet.«

»So ist es nun einmal«, fügten sie hinzu, »unser aller Leben hing von ihm ab.«

Darauf begannen sie alle, sich den Hals abzuschneiden, als erste die junge Frau, indem sie rief: »Ach, mein Vater, Tausendkünstler der Ebene!«

Dann kamen ihre Eltern, Brüder, Schwestern, einer nach dem andern. Der eine sagte: »Du wirst durch Finsternis gehen!«

Der andere: »Du wirst nach allen Seiten durch die Nacht irren!«

Ein anderer: »Du bist die junge Wunderbaumpflanze, die vor der Zeit stirbt!«

Noch ein anderer: »Du ließest auf deinen Weg Blumen und Früchte fallen!«

Alle schnitten sich den Hals ab und richteten selbst die kleinen Kinder hin, die man noch in Fellen auf dem Rücken trug.

»Denn«, sagten sie, »warum sollen wir sie leben lassen, da sie doch nur den Verstand verlieren würden!«

Der Mann kehrte nach Hause zurück und erzählte den

Seinen, wie er dadurch, dass er den Büffel erschossen, sie alle getötet hätte. Seine Eltern sagten ihm: »Siehst du wohl, sagten wir dir nicht, dass Unglück über dich kommen würde? Als wir dir anboten, dir eine passende und kluge Frau auszusuchen, wolltest du nach deinem Kopf gehen. Jetzt hast du dein Vermögen verloren. Wer wird es dir wiedergeben, da doch alle tot sind, die ganzen Verwandten der Frau, denen du dein Geld gegeben hast!«

Das ist das Ende.

Das Mädchen, das nichts behalten konnte

Namibia

Es war einmal ein Dama[1]-Mädchen, das hieß Herehere, Klippdachs. Eines Tages ging sie mit ihrer Freundin ins Veld[2], um etwas zu essen zu suchen. Aber sie fand nichts. Die Freundin jedoch grub einige Zwiebeln aus, und sie schenkte sie Herehere. Da lief Herehere damit in die Werft[3] zurück und legte die Zwiebeln auf das Hüttendach ihrer Eltern. Dann lief sie wieder fort. Nach einer Weile bekam sie Hunger, kehrte zurück und wollte die Zwiebeln essen. Aber die Zwiebeln waren verschwunden. Da trat die Mutter aus der Hütte und fragte: »Suchst du die Zwiebeln, meine Tochter? Ja, die habe ich schon aufgegessen.« – »Oh, Mutter, ich bekam sie von meiner Freundin, und sie waren nur für mich!«

Da ging die Mutter in die Hütte zurück, und als sie wieder herauskam, hatte sie eine Ahle in der Hand, mit der sie gerade an den Schuhen arbeitete. »Da nimm diese Ahle, Herehere, für deine Zwiebeln!« Das Mädchen nahm die Ahle und lief damit in den Busch. Dort fand sie ihren Vater, wie er gerade dabei war, an einem Kameldornbaum nach Honig zu suchen. Er stocherte mit einem langen Dorn in einem Astloch und versuchte, auf diese mühsame Art in die Waben hineinzustoßen. »Sieh mal, Vater«, sagte das Mädchen, »hier habe ich eine Ahle. Sag, ob ich sie dir geben soll.« – »Ach, Herehere, tue das, mit ihr bekomme ich leichter die

1 nordnamibischer Volksstamm
2 subtropisches Grasland in Südafrika
3 hier: Siedlung

Waben los!« – Da gab sie ihm die Ahle, und er arbeitete erst sehr gut mit ihr. Aber dann brach die Ahle beim Stechen in das harte Holz. Das Mädchen hatte ein wenig zugesehen, doch dann wurde es ihr langweilig, und sie sagte: »Vater, gib mir die Ahle wieder, ich will jetzt fort.« – »Aber Herehere, die Ahle ist ja zerbrochen!« – »So, und was hab ich jetzt? Von der Mutter bekam ich die Ahle doch für die Zwiebeln.«

»Da, nimm hier den Honig«, sprach der Vater und gab ihr ein paar Wabenstücke. Mit denen lief sie davon. Da kam sie auf eine schöne Weide. Dort standen fette Kühe, und die Wächter saßen im Gras und sahen ihnen zu und tranken Milch aus einer Kalebasse[4]. – »Oh, ihr Jungen«, rief Herehere, »wenn ihr Honig haben wollt, so fragt mich danach; ich habe welchen!« Da lachten die Männer und sagten: »So gib ihn uns!« Das Mädchen gab ihnen den Honig und sah zu, wie sie ihn aßen. Dann aber bekam sie es mit der Angst und schrie: »Nun ist der Honig weg! Und ich bekam ihn doch von meinem Vater für die Ahle, die ich von meiner Mutter für die Zwiebeln bekam!«

Da gaben die Wächter ihr als Entgelt eine Kalebasse voller Milch, und das Mädchen lief damit weiter. Bald traf sie im Veld auf eine alte Frau, die kratzte in der Erde nach Zwiebeln. Das Mädchen trat zu ihr: »Sag, Großmutter, willst du nicht lieber Milch aus meiner Kalebasse?« – »Aber ja«, sagte die alte Frau. Sie nahm die Kalebasse und trank die Milch. Und als sie alle ausgetrunken hatte, rief das Mädchen: »Oh, meine Milch! Ich bekam sie doch von den Wächtern für den Honig, den ich von meinem Vater für die Ahle bekam, die ich von meiner Mutter für die Zwiebeln bekam!«

»So nimm denn diese Körner für deine Milch«, sprach

4 Gefäß aus den Früchten des Flaschenkürbisses

die alte Frau und gab ihr einen Beutel voll Körner. Da lief Herehere damit weiter, und als es Abend geworden war, kam sie in einen Kameldornwald. Da sah sie Perlhühner, die am Boden nach Körnern pickten. »Die Körner, die ihr da findet, sind sicher nicht so gut wie die meinen hier im Beutel!«, rief das Mädchen. Die Perlhühner meinten das auch, und sie machten sich über die Kost her, die das Mädchen ihnen streute. Doch als das letzte Korn aufgepickt war, wollte Herehere die Körner zurückhaben: »Oh, meine schönen Körner, die ich von der alten Frau bekam für die Milch, die ich von den Wächtern bekam für den Honig, den ich von meinem Vater bekam für die Ahle, die ich von meiner Mutter für die Zwiebeln bekam!«

Die Perlhühner hörten sich das schweigend an. Dann flogen sie alle zusammen auf, aber dabei fielen Federn von ihnen herunter, viele, viele Federn, und das Mädchen sammelte sie auf. Am andern Morgen kam es auf eine Schafweide, und es sah, wie sich die Hirten damit die Zeit vertrieben, Pfeile in die Luft zu schießen. Sie hatten die Pfeile am Schaft mit Schafwolle umwickelt. »Meint ihr nicht«, rief Herehere, »dass eure Pfeile viel besser fliegen würden, wenn ihr meine schönen Federchen daran befestigt?« Die Jungen stimmten freudig zu, und das Mädchen setzte sich ins Gras und beobachtete, wie die Jungen mit den befiederten Pfeilen schossen. Dann aber wollte sie die Federn wiederhaben und weitergehen. »Was«, riefen die Hirten, »die sollen wir dir wiedergeben? Nein, das geht nicht!« – »Aber das sind doch die Federn, die ich von den Perlhühnern bekam für die Körner, die ich von der alten Frau bekam für die Milch, die ich von den Wächtern bekam für den Honig, den ich von meinem Vater bekam für die Ahle, die ich von meiner Mutter für die Zwiebeln bekam!«

Da gaben sie dem Mädchen einen Topf voll mit Schafmilch dafür. Sie ging damit weiter ins Veld hinein. Da kam sie zu einer verlassenen Werft mit eingefallenen Hütten und trockenen Gärten. Nur ein Hund war da. Herehere rief ihn heran und befahl ihm, Steine zu holen, damit sie darauf den Milchtopf setzen und darunter Feuer machen könne. Aber der Hund gehorchte nicht. Da ging das Mädchen selbst ein paar Steine suchen, und als sie damit zurückkehrte, hatte der Hund inzwischen all ihre Milch ausgetrunken. »Du hast die Milch getrunken«, rief sie zornig, »die ich von den Schafhirten für die Federn bekam, die ich von den Perlhühnern bekam für die Körner, die ich von der alten Frau bekam für die Milch, die ich von den Wächtern bekam für den Honig, den ich von meinem Vater bekam für die Ahle, die ich von meiner Mutter für die Zwiebeln bekam!«

Da wurde der Hund böse und rannte davon, und das Mädchen rannte hinter ihm her. So kamen sie an einen Fluss, der voll Wasser war. Der Hund sprang hinein, und das Mädchen sprang ihm nach. Aber während er am andern Ufer wieder in die Höhe kletterte und dann hinter einem Berg verschwand, sank das Mädchen immer tiefer in das Wasser und ertrank.

Von Schicksalen und reinen Herzen – Westafrikanische Märchen

Das Herz ist es, das einen in den Himmel
oder in die Hölle bringt.

Sprichwort

Der Priester und der Heide

Nigeria

Ein großer Priester, der alle Bücher durchforscht hatte und gar weise war, hatte einen Heiden zum Freunde, den er leidenschaftlich liebte; täglich ging er nach seinem Hause und machte gemeinschaftliche Spaziergänge mit ihm. Der Heide war höchst erfreut darüber und dachte bei sich: »Ich faste nimmer, ich bete nimmer, ich schlachte nimmer das Osterlamm, ich esse Schweinefleisch, Affen und gefallenes Vieh, auch trinke ich Bier; all dies sieht der Priester, und dennoch pflegt er Freundschaft mit mir!« Täglich, wenn er von der Jagd aus dem Walde zurückehrte, ging er hin, den Priester zu begrüßen, und nie stand er am Morgen auf, um auf die Jagd zu gehen, ohne erst den Priester gesehen zu haben.

Eines Tages, als der Heide dem Priester, wie gewöhnlich, einen Besuch abstattete, sagte der Priester zu ihm: »Mein Freund, in einer Woche werde ich nach Mekka gehen!« Da sprach sein Freund, der Heide: »Wenn Du nach Mekka gehst, Vater Priester, so nimm mich mit Dir.« Da sprach der Priester: »Du bist ein Heide, Du fastest nie, Du betest nie, Du aßest gefallenes Vieh, Du trinkst Bier, und Du willst mir nach Mekka folgen? Nein, ich kann Dich nicht mitnehmen.«

Da der Heide das hörte, ging er schweigend nach Hause; von dort beobachtete er, wie der Priester Vorkehrungen zu seiner Reise traf, wie er eine Kuh schlachtete, zerlegte, das Fleisch dörrte und zurüstete; da machte er sich auch auf, ging in den Wald, tötete sich ein Schwein, brachte es nach Hause, zerlegte es und dörrte das Fleisch. Dies alles sah der Priester mit an.

Eine Woche später füllte der Priester fein gedörrtes Fleisch und fein Mehl in zwei besondere Säcke, nahm seine Kalabasse zum Wassertrinken, steckte seine Bücher zu sich, nahm seine Gebet-Kalabasse[1] auf und machte sich auf den Weg nach Mekka.

Da der Heide dies sah, ging er in seine Hütte, füllte seinen Sack mit gedörrtem Schweinefleisch und Affenfleisch und einer Kalabasse voll Bier; dann nahm er seine Kalabasse zum Wassertrinken, seinen Stab und seine Schuhe und machte sich auf den Weg.

Der Priester war schon drei Wochen unterwegs, aber nach sieben Tagereisen holte der Heide ihn ein. Da der Priester seinen Freund, den Heiden, sah, sprach er: »Mein Freund, wie konntest Du Dich nur aufmachen, mir zu folgen, nachdem ich Dir gesagt, ich könne Dich nicht mit nach Mekka nehmen, und Dich hinter mir gelassen hatte? Ich werde Dich nicht mitnehmen, und wir beide können nicht miteinander in Mekka einziehen.« Da erwiderte der Heide: »Geh Du nur allein nach Mekka; ich will erst dann folgen, wenn Du dort angekommen bist.« Da setzte der Priester seine Reise fort, der Heide aber blieb zurück.

Als der Priester in Mekka eingezogen war, machte auch der Heide sich auf, ihm dahin zu folgen; da es nun Abend war, so gingen alle zur Ruhe. Der folgende Tag aber war ein Freitag. Um neun Uhr morgens rüsteten sich alle die großen Leute von Mekka, aus dem offenen Betplatze hervorzukommen. Da sie nun alle hervorgekommen waren, erhob sich der Rufer und rief die Stunde des Gebets aus; dann setzte er sich neben die Pforte, während alle die großen Leute in die Moschee gingen und dort Platz nahmen.

1 zur Waschung vor dem Gebet

Auch der Priester machte sich auf und ging zur Pforte des Tempels; da kam auch der Heide und stellte sich neben die Pforte hin. Als der Priester nur in die Moschee eintreten wollte, rief der Rufer ihm zu: »Vater Priester, von wannen kommst Du?« Da nannte der Priester den Namen seines Ortes; der Rufer aber sagte weiter: »Vater Priester! Dir ist wider Deinen Willen ein Freund gefolgt, den Du einen Heiden nennst; da Du ihn aber nicht nur ›Heide‹ nanntest, sondern ›Freund‹ zu ihm sagtest, da wusstest Du ganz wohl, dass er ein Heide war, dass er Fleisch von Hunden, Schweinen und Affen genießt, und dass er Bier trinkt; Du wusstest, dass er nie fastet, nie betet, noch je das Osterlamm schlachtet, dass seine Eltern, seine Großeltern und seine Urgroßeltern sämtlich Heiden waren; all dies war Dir bekannt, ehe Du ihn Freund nanntest, ehe Du und er Freundschaft machten und dennoch sagtest Du nie zu ihm: ›Du bist ja ein Heide!‹ Als Du aber zu ihm sagtest, Du wolltest nach Mekka wallen, und er Dich bat: ›O lass mich Dir folgen, auf dass, wenn Dir Gott zu Mekka einen guten Ort anweist, ich durch Deinen Segen auch einen bekommen möge‹, da wolltest Du den Heiden nicht kommen lassen. Nun, weißt Du, der Du Dich einen Priester nennst, wer ein Heide ist? Höre, ich will es Dir sagen: Nicht der ist ein Heide, der Schweinefleisch oder Affenfleisch oder Fleisch von gefallenem Vieh isst, oder wer Bier trinkt, sondern der ist ein Heide, der mit seinem Nachbarn Streit hat, und es ihm nicht vergessen mag; ja, merke, was ich heut zu Dir spreche, der ist ein Heide, der einem andern Böses nachträgt. Da Dein Freund, der Heide, hoffte, wenn er Dir hierher folgte, den Himmel durch Deinen Segen zu erhalten, wolltest Du ihn nicht kommen lassen; darum sollst Du die Moschee jetzt nicht betreten, der aber, den Du Heide nennst, der trete hinein.«

Da rief man den Heiden in die Moschee; der Türhüter öffnete ihm die Pforte, und der Heide ging hinein, der Priester aber musste draußen vor der Türe stehen bleiben. Alle die großen Leute hielten nun im Innern der Moschee ihre Gebete, und als sie hinaustraten, siehe! da stand der Priester vor der Pforte; sein Freund aber, der Heide, hatte mit den großen Leuten gebetet. Darauf gingen alle die großen Leute nach Hause, riefen den Heiden zu sich und gaben ihm ein wunderschönes Haus zum Wohnplatz, dem Priester aber wiesen sie nur ein kleines Plätzchen an. Beide blieben so in Mekka.

Nachdem ein Monat vergangen war, machte der Heide sich auf, ging zum Imam und sagte: »Ich wünsche heimzukehren.« Da gab der Imam ihm ein silbernes Becken, eine scharlachene Mütze, einen silbernen Stab, einen Mantel, ein schönes Obergewand, Kost für die Reise und einen goldenen Teller, seine Kost davon zu essen. Bald darauf ging der Priester zum Imam und sprach: »Mein Vater, ich wünsche heimzukehren.« Da der Imam das hörte, gab er ihm ein wenig Kost, ein Wasserbecken, einen Kupferkessel und einen eisernen Stab; damit musste der Priester abziehen. Bald darauf machte ein jeder sich mit den erhaltenen Geschenken auf den Heimweg. Nach einer Reise von zwei Monaten kamen sie zu Hause an.

Ein Monat war etwa seit ihrer Rückkehr verflossen, da ward der Priester eines Morgens vom Fieber befallen; ebenso ging es dem Heiden zwischen Morgen und Mittag desselben Tages. Am folgenden Tage in der Frühe starb der Priester, nachdem er zuvor seine Gebete gesprochen, und zwischen Morgen und Mittag des nämlichen Tages starb auch der Heide. Darüber erstaunten die Leute in der Stadt und sprachen untereinander: »Wie wunderlich! Der Priester und sein Freund, der Heide, die miteinander nach Mekka gegangen waren, starben beide einen Monat nach ihrer Rückkehr!«

Der Imam des Ortes aber gebot den Leuten, die Leichen zuzurüsten und an demselben Platze, nicht fern voneinander, zu begraben. Da machten die Leute sich daran, die Leichen zu waschen und zu bekleiden, dann banden sie dieselben in grobe Matten ein und legten sie auf dem Friedhofe nieder; darauf maßen sie den Grund ab, griffen nach ihren Spaten und begannen das Grab des Heiden zu machen. Sie waren bald damit fertig, denn sie fanden weichen Sand mit feuchtem Untergrunde. Dann begannen sie des Priesters Grab zu machen; sie hatten indessen kaum einen Fuß tief gegraben, da stießen sie auf Felsen, so dass sie nicht weitergraben konnten; sie versuchten es an einer andern Stelle, aber ohne besseren Erfolg. Da gebot der Imam: »Grabt nun noch an einer dritten Stelle, so weit Ihr kommt; dann legt des Priesters Leiche hinein und bedeckt sie!« Da versuchten es die Leute noch einmal anderswo; als sie etwa knietief gegraben hatten, stießen sie wieder auf felsigen Untergrund – da legten sie den toten Priester hinein; sie konnten ihn indessen nicht vollständig bedecken; dann begruben sie den Heiden: in dessen Grabe war schöner, weißer Boden mit feuchtem Untergrunde.

Als die Leute nun auf die beiden Gräber zurückschauten, ehe sie den Kirchhof verließen, da ragte die Leiche des Priesters zur Hälfte aus dem Grabe hervor; aus des Heiden Grabe aber kam Wasser hervor und überflutete dasselbe. Da kehrten alle heim.

Dort sprach der Imam zu ihnen: »Seht! Diesen Heiden hat Gott für den Himmel, den Priester aber für das höllische Feuer erkoren. Denn der Herr, der die Kleinen und die

Großen, die Schwarzen und die Roten erschaffen hat, sieht aufs Herz; wer ein reines, weißes Herz hat, der kommt in den Himmel; wes Herz aber schwarz ist, dem hilft es nicht, ob er auch alle Bücher der Welt durchgelesen hätte – er kommt doch ins Feuer. Vor Gott gilt kein Unterschied zwischen Sklaven und freien Männern, zwischen Heiden und Gläubigen. Auch die Priester kommen nicht in den Himmel, wenn ihre Herzen schwarz sind.«

In der zukünftigen Welt gibt es sieben Feuer und acht Himmel: Die sieben Feuer aber sind für die Priester bestimmt, die alle Bücher durchforschen, und den rechten Weg daraus ersehen, wenn sie dennoch, obgleich sie den rechten Weg kennen, sich davon abwenden und Unrecht tun.

Die ungehorsame Tochter

Nigeria

Eine Frau bewohnte mit ihrer einzigen Tochter ein Haus mitten in der Wüste; sie hatten keine andern Wächter als ihre Hunde. Denen pflegten sie gute Nahrung zuzubereiten, auch setzten sie ihnen stets Haferschleim zum Trinken vor. Kam dann Dodo[1] in der Nacht – und er pflegt jede Stunde zu kommen – so trieben ihn die Hunde wieder von dannen.

Als nun die Mutter eines Tages im Begriff war, in die Stadt zu gehen, um Einkäufe zu machen, schärfte sie ihrer Tochter ein, ja den Hunden gute Kost und Haferschleim vorzusetzen; die Tochter versprach zu gehorchen, und die Mutter ging zur Stadt. Bald kamen indessen Freundinnen des jungen Mädchens herbei; für die bereitete sie Haferschleim, den Hunden aber setzte sie das Spülicht vor; davon wollten diese indes nicht trinken. Auch Kost richtete sie für ihre Freundinnen her, den Hunden aber warf sie vor, was verbrannt und ungenießbar war; davon wollten jene aber nicht essen.

Die Nacht kam herbei, siehe! da erschien Dodo laut schreiend. Erschreckt rief das Mädchen die Hunde bei Namen; erst kam Schato herbei, aber er trieb den Dodo nicht fort, sondern ging ruhig beiseite. Da rief sie Fāri. Der kam, aber auch er ging ruhig wieder davon, ohne den Dodo zu verjagen. Auch Samandunia und Samakussa kamen den andern nach, aber nicht einer trieb Dodo fort. Laut schreiend näherte sich dieser dem Hause und trat hinein. Das er-

1 Wassergeist / böser Geist

schreckte Mädchen flüchtete sich in ihr Zimmer und horchte in ängstlicher Spannung. Ach, schon trat Dodo schreiend über die Schwelle des Zimmers – sie sprang aufs Bett – sie kletterte in die Scheune hinein – überallhin verfolgte Dodo sie mit lautem, widerlichem Geschrei. In ihrer Angst kroch sie endlich in einen großen, irdenen Topf hinein. Schreiend nahte Dodo sich und verschlang den Topf und das junge Mädchen darinnen.

Am folgenden Tage kehrte die Mutter vom Markte zurück. Sie fand ihre Tochter nirgends, und die Hunde hatten weder Kost noch Haferschleim. »Gewiss«, so dachte sie alsbald, »hat meine Tochter vernachlässigt, die Hunde zu versorgen, und diese haben infolgedessen Dodo nicht fortgetrieben; sicherlich hat er meine Tochter verschlungen.« Schnell bereitet sie Speise und Trank für die Hunde und setze ihnen vor, so viel sie nur mochten. Als nun Dodo zur Nachtzeit wieder erschien, stürzten die Hunde sich auf ihn und töteten ihn. Schnell öffnete die Mutter den Leib des getöteten Dodos, fand den irdenen Topf darinnen, öffnete ihn, und siehe! ihre Tochter saß frisch und wohl darinnen; sie war nicht in Dodos Leibe gestorben. Wie freute die Mutter sich da, dass sie ihre Tochter noch am Leben fand.

Die Wahl des Handwerks

Nigeria

Ein alter Mann rief eines Tages seine sechs Söhne vor sich. Als alle sechs erschienen waren, sagte er: »Meine Söhne! Ich habe Euch zusammengerufen, um von einem jeden zu hören, welches Handwerk er sich gewählt hat. Einer nach dem andern sage mir nun, was künftig sein Handwerk sein soll.«

Da trat der Älteste auf und sagte: »Vater! Ich will mich aufmachen und auf des Königs Schloss gehen, auf dass er mir ein Pferd gebe, denn ich liebe das Kriegshandwerk.« »Wohl«, entgegnete der Vater, »Dein Handwerk sei der Krieg! Setze Dich, ich habe gehört, was Du wünschest.«

Da trat der Zweite auf und sagte: »Ich, mein Vater, liebe den Diebstahl!« »Wohl«, war des Vaters Antwort, »Diebstahl sei Dein Handwerk. Setze Dich, ich habe gehört, welches Handwerk Du liebst.«

Der Dritte sprach darauf: »Vater, ich liebe den Straßenraub!« »Wohl«, sprach der Greis, »so sei der Straßenraub Dein Handwerk! Ich weiß nun, was Du liebst, setze Dich.«

Der Vierte trat nun vor den Greis und sprach: »Vater! Ich will Esel, Kamele und Ochsen mit Waren beladen und damit Handel treiben.« »Sehr wohl!«, entgegnete der Vater, »Handeltreiben sei Dein Handwerk! Setze Dich, ich habe vernommen, was Du wünschest.«

Der Fünfte sprach: »Ich, Vater, wähle den Ackerbau!« »Wohl!«, sprach der greise Vater, »Ackerbau sei Dein Handwerk! Setze Dich, ich habe Deinen Wunsch vernommen.«

»Und ich«, so sprach der Jüngste, »ich möchte ein Schmied werden, mein Vater!« »Wohl«, war des Greises

Antwort, »so sei das Schmieden Dein Handwerk! Setze Dich, ich weiß nun, was Du liebst.«

Als der Greis so vernommen hatte, was für ein Handwerk ein jeder von seinen Söhnen gewählt, sprach er zu ihnen: »So macht Euch denn auf, gehet hin und ein jeder betreibe das Handwerk, das er sich erwählt hat!« Da schieden die Söhne, einer nach dem andern, vom Vater, um ihren verschiedenen Beschäftigungen nachzugehen.

Der Älteste, der sich das Kriegshandwerk erwählt hatte, begab sich zum König. Als er dort etwa zwei Monate gewesen war, erhielt der König Kunde, in einer benachbarten, von Heiden bewohnten Stadt sei Krieg ausgebrochen. Da sandte der König seine Krieger dorthin mit dem Befehl, die Einwohner jener Stadt vor ihn zu bringen. Als die Krieger, unter denen auch der Sohn des Greises war, sich der Heidenstadt näherten, machten die Heiden einen Ausfall auf die nahenden Feinde und trieben sie zurück; dabei ward der Sohn des Greises getötet. Als die Soldaten die Kunde ihrer Niederlage zum König brachten, fragte dieser: »Wie viel Mann haben die Heiden getötet?« Die Krieger antworteten: »Nur einen, eines Greises Sohn, der kürzlich zu Dir kam, um in den Krieg zu ziehen.« Da sandte der König einen Boten mit der Trauerkunde zu dem Greis. Als der die Botschaft erhielt, sagte er: »Ich dachte mir wohl, dass es so kommen würde: Nun hat mein Sohn erreicht, was er gewollt.«

Der Zweite, der sich das Diebeshandwerk auserwählt hatte, stahl täglich andern Leuten ihr Eigentum; die aber lauerten ihm auf, ohne dass er es wusste. Eines Nachts schlich er sich heimlich in eines Mannes Haus, den er schlafend glaubte, um dessen Pferd zu stehlen. Schon hatte er dasselbe losgebunden und wollte sich eben damit aus dem

Staube machen, als der Eigentümer aufsprang, ihn packte und mit lauter Stimme die Nachbarn herbeirief. Die fragte er: »Was soll ich mit dem jungen Pferdedieb anfangen?« Einstimmig riefen alle Anwesenden: »Man hänge ihn, wo Du ihn gefangen hast.«

So geschah es auch, der junge Dieb ward in den Pferdestall zurückgebracht und dort aufgeknüpft. Als sein Vater diese Nachricht erhielt, rief er: »So musste es kommen! Ich wusste es wohl; ich konnte es mir damals gleich denken, als mein Sohn sich das Diebshandwerk erkor.«

Derjenige von den Brüdern aber, der beschlossen hatte, Handel zu treiben, hatte seine Esel und seine Ochsen und seine Kamele mit Waren beladen und eine Handelsreise nach einer entfernten Stadt unternommen. Dort tauschte er sie gegen weit wertvollere Waren ein; auf dem Rückwege aber lauerten ihm Räuber auf, beraubten ihn seiner Waren und töteten ihn. Als diese Kunde zu dem Greis kam seufzte er: »Ach, habe ich das nicht sofort geahnt, als mein Sohn beschloss, Handel zu treiben?«

Der Vierte der Söhne aber, der sich den Straßenraub zu seinem Gewerbe erwählt hatte, pflegte am Wege den Leuten aufzulauern, die vom Markte heimkehrten, und ihnen die Waren, die sie mit sich führten, fortzunehmen. Als er aber eines Tages zwei Männer, die mit Waren des Weges kamen, anhalten wollte, wehrten sich diese gegen den Räuber und überwältigten ihn auch glücklich, sie warfen ihn nieder und töteten ihn. Der Greis empfing die Nachricht vom Tode seines Sohnes, des Straßenräubers, mit den Worten: »Nun hat er den Lohn des Handwerks empfangen, das er sich damals erwählt, da er noch jung war.«

Zwei Jahre waren vergangen, seit der Greis seine sechs Söhne vor sich geladen, um von einem jeden zu erfahren, welchem Handwerk er sich widmen wolle. Da sandte der Greis von neuem Botschaft zu seinen Söhnen, vor ihm zu erscheinen, aber nur zwei, der Schmied und der Landmann, kamen diesmal. Da sprach der Greis: »Vor zwei Jahren erschienen Eurer sechs vor mir, und jetzt seid nur Ihr beide noch da. Eure Brüder hat der Tod ereilt in Folge der Beschäftigungen, die sie sich erwählt. Den einen raffte der Tod im Kriege hinweg, der andre ward als Dieb gehangen, den dritten erschlugen Wegelagerer um seiner Schätze willen, und den vierten töteten jene, die er hatte berauben wollen. Nun sprecht, was treibt Ihr denn?«

Da trat der Erste auf und sprach: »Als Du mich an jenem Tage fragtest, welches Handwerk ich ergreifen wollte, da wählte ich den Ackerbau. Ich bin ein Landmann.« Da sprach der Greis: »Daran hast Du wohlgetan, mein Sohn. Setze Dich nieder, Du hast weise gehandelt. Diese Weisheit aber hast Du nicht von mir, sondern von dem alleinigen Gott!«

Da stand der andre auf und sprach: »Und ich, Vater, bin ein Schmied geworden, wie ich Dir damals zur Antwort gab, als Du uns alle fragtest, was wir werden wollten.« Da sprach der Greis: »Auch Du, mein Sohn, hast ein gutes Handwerk, halte es fest! Du hast weise gehandelt, aber Du hast Dein Handwerk nicht von mir erhalten, sondern von Gott allein, darum halte es ja fest! Du als Schmied und Dein älterer Bruder als Landmann, Ihr werdet Euch schön ernähren können, wenn ich tot bin; und gibt Gott Euch künftig einmal Kinder, o dann lehrt sie doch Eure Handwerke.«

So hatte Gott einem jeden der Brüder das gegeben, worum sie gebeten. Die vier Ältesten hatten bei den erwählten Beschäftigungen den Tod, die beiden andern Arbeit und Lebensunterhalt gefunden.

Abend und Morgen

Benin

Abend und Morgen sind Brüder.

Ihr Vater, Mahu, behandelte sie nicht gleicherweise. Seinem Ältesten, dem Morgen, gab er unzählige Untertanen und alle Reichtümer. Dem Abend gab er nur eine Kalebasse[1] mit zwei Arten Perlen gefüllt, den *nana* und *azanmun*. Dies waren die einzigen Dinge, womit er Morgen nicht begünstigte. –

Morgen erkrankte. Der Zauberer wurde gerufen, ihn zu pflegen. Der verbürgte Genesung nur, wenn man ihm die Perlen *nana* und *azanmun* schaffe. Voller Unruhe gingen die Untertanen, die kostbaren Perlen zu suchen. So kamen einige zu dem Abend und sagten ihm den Kummer.

»So ich euch die Perlen schaffe, was gebt ihr zum Entgelt?«, fragte Abend.

Erwiderten sie: »Zahllose Kauris[2].«

Der Abend nahm die Kalebasse, die ihm sein Vater gegeben hatte, öffnete sie, die Perlen fluteten in Menge über den Boden.

Allein geblieben sann der Abend. Er ertappte sich, wie er dem Bruder viele Krankheiten anwünschte, und gedachte, bemerkt zu haben, dass die Blätter der Kalebasse bei der Wanderung des Morgens sich schlössen. Er ging zu einem Zauberer, den er beauftragte, Fa, das Geschick zu befragen, um zu wissen, ob er Morgen nicht in Krankheit bringe, so er ihm die ganz geöffneten Blätter der Kalebasse unter die

1 Gefäß aus den Früchten des Flaschenkürbisses

2 früher verbreitetes Geld aus dem Gehäuse der Kaurischnecke

Füße lege. Der stimmte zu, und danach tat er. Er machte Morgen krank, wann ihm beliebte, und so tauschte er alle seine Perlen gegen die Kauris des Bruders.

Abend war viel reicher als Morgen geworden, da die Menschen erschaffen wurden, so konnte er ihnen viel mehr gewähren als sein Bruder. Also wählten sie ihn zum König. Sie gaben ihm zwölf kleine Knaben zu Begleitern; die sagen:

»Abend, zum Königtum bist du geehrt.
So Morgen König wäre, zerbräche das Land.
Königtum kann nicht währen
In den Stunden des glühenden Tages.«

Von Familien und Heiligen – Ostafrikanische Märchen

Wir sind wie Finger und Ring,
Zunge und Speichel, Bogen und Sehne.

Sprichwort über treue Freunde

Die Geschichte von dem menschenfressenden Ungeheuer und dem Kinde

Kenia

Es war einmal ein Ungeheuer, das von den Bewohnern des Landes, in dem es lebte, außerordentlich gefürchtet wurde, weil es hauptsächlich von Menschenfleisch lebte. Einmal hatte es viele Leute und viel Vieh aufgefressen, so viel, dass es dachte, es hätte sie alle vertilgt. Nur eine Frau hatte sich mit ihrem Kind in einer Höhle verborgen, und als das Ungeheuer abgezogen war, kam sie zurück in ihre Wohnung und sammelte alle die Speise, die dort zurückgeblieben war. Und sie zog ihr Kind dort in der Höhle auf, bis es groß war. Und da sagte seine Mutter zu ihm: »Du liebes Kind, gehe ja nicht nach draußen, denn da ist das Ungeheuer, das alles Volk aufgefressen hat. Wir beide sind allein übriggeblieben.«

Und der Junge machte sich einen Bogen und Pfeile und sagte zu seiner Mutter: »Ich gehe hinaus, um mich etwas zu ergehen.«

Und trotz ihres Widerspruchs ging er hinaus nach draußen und schoss einen kleinen Vogel, brachte ihn zu seiner Mutter und sagte zu ihr: »Mutter, hat der die Leute aufgefressen?«

Und die Mutter sagte zu ihm: »Nein.«

An einem andern Tage ging er wieder aus und schoss einen kleinen Vogel und sagte: »Ist er dies?«

Und seine Mutter sagte: »Nein.«

An einem andern Tage ging er wieder aus und schoss eine Gazelle und dachte: »Dies ist wohl, der die Leute aufgefressen hat?«

Und er trug sie zu seiner Mutter und sagte zu ihr: »Mutter, ist es dieser, der die Leute verzehrt hat?«

Und seine Mutter sagte: »Ach nein, mein Kind, das ist Speise, bringe es her, dann wollen wir es essen.«

Und er bekam allerlei Tiere aus dem Wald und fragte immer: »Ist es dies?«

Und immer hieß es: »Nein.«

Und die Mutter sagte zu ihrem Sohn: »Frage nicht immer nach diesem Ungeheuer, denn es hat alle Leute aufgezehrt, und ich bin allein übriggeblieben, ich mit dir zusammen, wir sind die einzigen in diesem Lande.«

Und der Sohn ging hin und suchte sich Pfeile und Speere und brachte sie oben in einen Baum und blieb da mit seiner Mutter. Und dann sagte er zu seiner Mutter: »Mutter, ich rufe das Ungeheuer hierher und werde es töten.«

Und seine Mutter sagte zu ihm: »Mein liebes Kind, lass es doch, denn du bist ihm nicht gewachsen.«

Aber er sagte: »Ich rufe es.«

Und dann zündete er ein großes Feuer an der Spitze des Baumes an, und das Ungeheuer sah den Rauch und sagte: »Ich dachte, ich hätte früher alle Leute aufgefressen, und nun sind sie doch noch da.«

Und das Kind sagte: »Ja, sie sind noch da, und du kommst, um sie zu vernichten.«

Da ging das Ungeheuer hin und holte Äxte, um den Baum umzuhauen, auf dem der Knabe mit seiner Mutter saß. Als es dann ankam, sagte es: »Nun steigt herunter, oder ich haue den Baum ab.«

Da sagte der Junge: »Haue ihn nur ab!«

Und das Ungeheuer führte einen Hieb, und der Knabe

schoss nach ihm, und es hieb wieder zu, und der Knabe schoss wieder. Und da sagte das Ungeheuer: »Ach, was stechen doch die Bremsen!«

Und er traf ihn manches Mal, so dass er den Baum nicht abhauen konnte. Und das Ungeheuer wusste, dass es sterben müsste, und es rief den Knaben und sagte zu ihm: »Wenn ich tot bin, dann schneide diesen meinen kleinen Finger ab, dann wird all das Vieh aus eurem Lande wieder herauskommen. Und wenn du den Daumen abschneidest, dann werden alle Leute wieder herauskommen. Wenn du aber das Gesicht abschneidest, dann wird nur ein Mann herauskommen.«

Als dann das Ungeheuer gestorben war und der Knabe ihm die Finger abschnitt, da kamen all die Leute und all das Vieh heraus, und dann schnitt er das Gesicht auf, und es kam ein Mann heraus. Alle die Leute nun, die da herauskamen, gingen wieder in ihre Dörfer und blieben da. Und die Leute hielten Rat untereinander und sagten: »Was wollen wir mit dem Mann machen, der uns aus dem Leibe des Ungeheuers wieder hierhergebracht hat? Wir wollen ihn zum König machen.«

Und alle stimmten zu: »Wir wollen ihn zum König machen.«

So wurde er ihr König. Aber der Mann, der aus dem Gesicht des Ungeheuers herausgekommen war, fing an und sagte zu den andern: »Warum hat er mich aus dem Gesicht des Ungeheuers herausgenommen? Er muss mich wieder an die Stelle bringen, wo er mich hergeholt hat.«

Und die andern redeten ihm zu und sagten zu ihm: »Wie kannst du so etwas sagen, denkst du wirklich, dass dir ein Schade geschehen ist, weil er uns aus dem Ungeheuer hierhergebracht hat?«

Und der König sagte: »Lasst ihn nur, wenn dieser Mann zu Ende ist, bringe ich ihn wieder zurück, von wo er kam.«

Und der König pflanzte Tabak, denn er wusste, dass der Mann den Tabak liebte. Als dann der Tabak reif war, da ging der König hin, ihn zu bewachen. Als es Mittag war, da kam der eine, der aus dem Gesicht des Ungeheuers hervorgegangen war, und pflückte ein Blatt vom Tabak ab und kaute es. Und der König sah ihn und sagte zu ihm: »Mein Freund, bring das Blatt wieder an die Stelle, wo du es hergenommen hast.

Und der sagte zu ihm: »Das kann ich nicht.«

Da nahm der König ihn mit ins Dorf und rief die Männer zur Beratung zusammen und sagte: »Freunde, Männer! Ich verlange, dass dieser Mann das Tabakblatt wieder an den Platz bringt, von dem er es genommen hat. Und dann will ich hingehen und will ihn wieder in das Gesicht des Ungeheuers setzen, von wo ich ihn hergenommen habe.«

Der Mann sagte: »Ich bin nicht imstande, es zurückzubringen.«

Und die andern sagten zu ihm: »Wie kannst du denn sagen zu einem andern: ›Setze mich an die Stelle, wo du mich hergenommen hast‹, und du bist nicht imstande, das Blatt an die Stelle zu setzen, von der du es genommen hast?«

Nun, so sprachen sie miteinander, und sie liebten einander, und der König verstand es, sich Achtung zu schaffen während seines ganzen Lebens.

Imana und der habgierige Sebgugugu

Ostafrika

Es war einmal ein Mann, der hieß Sebgugugu. Er hatte keine Brüder, weder vom Vater noch von der Mutter. Er war ein sehr armer Mann. Er nahm ein Weib, und sie gebar ihm Kinder. Sein Besitz war eine einzige weiße Kuh. Sie bekam ein Kalb. Die Frau ackerte, er selber nicht. Eines Tages kam ein Vögelchen, das setzte sich aufs Torholz. Sebgugugu saß gerade vor der Tür auf einem Schemel. Der Vogel sprach:

»Sebgugugu, schlachte die Weiße, so bekommst du hundert!«

Sebgugugu sah ihn an. Als seine Frau vom Ackern nach Hause gekommen war, sagte er ihr:

»Imana[1] war hier und befahl mir, ich sollte die Weiße schlachten und hundert wiederbekommen.«

Seine Frau antwortete:

»Lass die Weiße am Leben, du ackerst nicht; die Weiße zieht mit ihrer Milch deine Kinder groß, schlachtest du sie, so werden sie sterben.«

Der Mann antwortete:

»Geh!«

Da nahm er sein Beil und schlug die Kuh damit tot. Das Fleisch aßen sie, es ging zu Ende. Am folgenden Tag kam der Vogel wieder und sprach:

»Sebgugugu, schlachte auch das Kalb, so bekommst du hundert andere.«

Sebgugugu schlachtete es, sie aßen das Fleisch. Drei Mo-

1 Schöpfergott

nate vergingen, da fingen sie an, Hunger zu leiden. Er sagte zu seiner Frau:

»Nun tötet mir der Hunger die Kinder.«

Sie antwortete:

»Sagte ich es nicht, du solltest die Weiße am Leben lassen? Aber du wolltest nicht hören und schlachtetest die, welche uns die Kinder großgezogen hat.«

Er band die Kinder in Papyrusmatten ein, andere tat er in einen Korb, einige nahm die Frau auf den Kopf, andere er, so zogen sie fort. Bei einer Rast auf dem Wege sagte er:

»Was soll ich machen mit meinen Kindern?«

Imana kam, der da heißt ›der Schöpfer‹, und sprach:

»Sebgugugu, was ist es?«

Sebgugugu antwortete:

»Wir sind des Todes, ich und meine Kinder, wir sterben Hungers.«

Imana sprach:

»Höre, dort drüben ist ein Kraal[2], in dem Rinder übernachten. Geh dorthin! Die Rinder werden von einem Raben geweidet, trink ihre Milch und gib dem Raben davon. Schimpfe nicht auf ihn und schlage ihn nicht!«

Sebgugugu ging dorthin, fand Milch, trank sie und gab davon seinen Kindern und seiner Frau. Abends kehrten die Rinder heim, ein Rabe brachte sie nach Hause. Sebgugugu holte sich Feuer und zündete einen Reisighaufen für die Rinder an.

Er brachte einen Melkeimer, molk, gab dem Raben; die übrige Milch gab er Frau und Kindern. Zehn Tage vergingen. Sebgugugu sprach:

2 ringförmige Siedlung

»Ihr seht, ich habe Kinder, die für mich weiden können; wenn der Rabe nach Hause kommt, schlag ich ihn tot.«

Seine Frau sagte ihm:

»Wie unvernünftig willst du handeln! Du siehst, Imana hat uns geholfen und gesagt, du solltest dem Raben nichts zuleide tun, nun willst du ihn töten.«

Sebgugugu erwiderte ihr:

»Schweig still!«

Dann nahm er seinen Bogen, machte die Schnur fest und legte einen Pfeil auf die Sehne. Der Rabe trieb inzwischen die Herde heim. Der Mann sah ihn, er schoss auf ihn einen Pfeil ab. Der Rabe flog auf und ließ sich auf dem nahen Hügel nieder. Sebgugugu jagte hinter ihm her und schoss zum zweiten Male auf ihn. Der Rabe flog fort. Sebgugugu kehrte zurück. Die Kühe fand er nicht, die waren fort mit ihren Kälbern. Er fragte seine Frau:

»Wo sind die Kühe?«

»Ich weiß es nicht.«

Nach drei Tagen war Sebgugugu in Verzweiflung und sprach:

»Was soll ich machen?«

Seine Frau entgegnete:

»Das kommt von deinem Übermut.«

Einige von seinen Kindern nahm er auf seinen Rücken, andere seine Frau, so zogen sie fort. Am Abend saß Sebgugugu am Wege und sagte:

»Imana in Ruanda, was soll ich nun anfangen?«

»Sebgugugu, was willst du schon wieder?«

»Ach, du Gott Ruandas, was soll ich tun?«

»Höre, dort drüben ist eine Kürbispflanze, die hat viele Ranken. An einer Ranke reifen Kürbisse, an der anderen Melonen. An noch einer anderen sind Süßkartoffeln. Aber die Pflanze darf nicht beackert und nicht beschnitten werden. Sie steht im Walde. Ich bin Imana, der Schöpfer. Ich bin's, der die Kürbispflanze hat entstehen lassen. Iss, was daran ist. Wenn es zu Ende ist, wird sie neue Speise reifen lassen.«

Sebgugugu sprach:

»Jawohl.«

Er ging, schnitt sich Stangen und baute sich dort eine Hütte. Seine Frau nahm die reifen Kürbisse und kochte sie, am folgenden Tage kochte sie Bohnen. Nach zehn Tagen schliff sich Sebgugugu sein Buschmesser und sprach zu seiner Frau:

»Ich gehe, um die Kürbispflanze zu beschneiden.«

»Was hat dir Imana gesagt?«

»Sei still, ich will sie beschneiden, dass sie reichlicher trägt.«

Er ging hin, beschnitt sie, und sie vertrocknete. Drei Tage lang konnten sie noch etwas Gemüse von ihr holen, dann war es zu Ende. Sebgugugu sprach:

»Was soll ich machen mit meinen Kindern?«

Er nahm einige von ihnen auf den Rücken, die anderen nahm die Frau auf den Rücken, so zogen sie davon. Am Abend legte Sebgugugu die Kinder am Wege nieder und sprach:

»Vater, Imana Ruandas, was soll ich mit meinen Kindern machen? Sei mir noch einmal gnädig und dann nicht wieder.«

Imana kam und sprach:

»Was sagst du?«

»Ich sage nichts.«

Er schämte sich. Imana sprach zu ihm:

»Dort drüben ist ein Fels, der hat viele Spalten. Aus einer

kommt Milch, aus einer anderen Bier, aus einer anderen Rispenhirse, aus einer anderen Kolbenhirse, aus einer anderen Bohnen.«

Sebgugugu ging, nahm Milch und Bier, trank und aß, was er wollte. Seine Frau kochte für die Kinder. Nach zehn Tagen sagte er zu seiner Frau:

»Ich will mir Brechstangen am Feuer härten, um sie in die Felsspalten zu tun, damit mehr Speise herauskommt.«

Die Frau antwortete:

»Steh ab davon, wir wollen uns von dem nähren, was da ist; so hat Imana es bestimmt.«

»Keineswegs.«

Er härtete sich Brechstangen und stemmte sie in die Felsspalten. Da verstopften sich die Spalten. Die Frau sprach:

»Hab ich dir nicht gesagt von deinem Ungehorsam gegen Gott?«

Sie blieben zwei Tage noch da, dann band Sebgugugu die Kinder in die Matten, einige lud sich die Frau auf, andere er. Unterwegs konnten sie nicht weiter. Sebgugugu sprach:

»Was soll ich tun? Ach, dass doch Imana noch einmal hülfe!«

Imana hörte es und sprach:

»Sebgugugu, was belästigst du mich? Ich gebe dir immer wieder, aber du bringst dich selber darum. Geh dorthin zu dem Kraal! Dort drinnen lebt ein wildes Tier, es hat die Kraalbesitzer umgebracht. Geh in das Gehöft, bereite dir und den Deinen ein Lager unter dem Dach! Es sind Rinder im Kraal, die haben keinen Hirten, sie weiden sich selber und kehren von selber zurück. Wenn sie heimkehren, so melke sie und trink, koche am Tage! Wird es Abend, so steige hinauf auf den Boden! Das wilde Tier frisst nur Menschen, sprich nicht mit ihm, sondern verhalte dich schweigend!«

Sebgugugu sprach:

»Jawohl.«

Er ging, molk, trank, kochte Bohnen und aß mit Frau und Kindern. Am Abend stiegen sie auf den Boden und schliefen. Noch waren nicht zehn Tage um, da kam das Tier und schleppte Leichen ins Gehöft. Es ging, um seine Lasten abzusetzen, und sagte bei sich:

»Wer hilft mir und nimmt mir die Last ab!«

Sebgugugu sagte zur Frau:

»Ich will sie ihm abnehmen.«

»Tue es nicht! Imana hat es verboten, mit ihm zu sprechen.«

Sebgugugu stieg vom Boden herunter, kam und nahm ihm die Last vom Kopf. Es fragte ihn:

»Wo kommst du denn her?«

Sebgugugu antwortete:

»Vom Dachboden.«

Das Raubtier sagte:

»Bleib hier wohnen, ich will auch hierbleiben.«

Sebgugugu antwortete:

»Jawohl.«

Das Raubtier brachte die Leichen ins Haus und sagte zu Sebgugugu:

»Reinige den Kochtopf, um das Menschenfleisch darin zu kochen.«

Sebgugugu reinigte ihn, dann stellte er ihn auf die Herdsteine. Das Raubtier zerstückelte die Leichen, tat sie in den Topf und sagte zu Sebgugugu:

»Steig hinauf, damit ich sehe, wie du auf den Boden hinaufkommst.«

Sebgugugu stieg auf die unterste Sprosse und wollte die zweite nehmen, da zerriss es ihn jäh in zwei Stücke, die fielen in den Topf. Es kochte ihn und aß ihn. Die Frau und seine Kinder flohen.

Das Märchen von der verlorenen Schwester

Kenia

Es war einmal ein Bruder und eine Schwester. Die lebten zusammen in einer Hütte. Der Bruder hieß Wagatscharaibu, und die Schwester hieß Mweru. Wagatscharaibu war sehr schön, besonders hatte er sehr lange Haare, und die Mädchen liebten ihn sehr. Wenn er fort war von zuhause, um seine Freunde zu besuchen, dann war Mweru allein. Und einmal sagte sie ihm, er möchte sie nicht so viel allein lassen, denn in der Nacht wären drei Männer gekommen mit drei Speeren und drei Keulen, und sie fürchtete, die drei Männer würden wiederkommen und sie rauben. Aber Wagatscharaibu lachte darüber und ging doch wieder aus. Und in der Nacht erschienen wirklich wieder die drei Männer, ergriffen die Mweru und nahmen sie mit. Als Wagatscharaibu nach Hause kam, fand er die Hütte leer und hörte nur aus der Ferne die Stimme der Schwester, die um Hilfe rief. Er erwiderte ihren Ruf und sagte:

»Wer wird mir nun meine Haare auf dem Vorderkopf scheren, da du weg bist? Wir haben doch keine Nachbarn!«

Und er stürzte sich in das hohe Gras, um seiner Schwester zu folgen. Er hörte auch immer ihr Rufen, aber er konnte sie nicht erreichen. Als er einen Monat lang gegangen war, wurde er hungrig. Er trug aber einen großen Hut aus einem Stück Leder und fing an, den Hut aufzuessen. So ging er monatelang hinter seiner Schwester her, und als sein Hut aufgegessen war, aß er auch seine Kleider, die auch aus Leder waren.

Nach einem Jahr und vier Monaten waren auch die aufgegessen, aber seine Schwester hatte er nicht. Da kam er zu einem großen Gehöft und ging hinein und sah eine Frau Essen kochen. Und er bat sie um Speise. Sie gab ihm etwas in einem alten Scherben.

Am andern Morgen ging er dann mit dem kleinen Sohn der Frau aus, um die Vögel von den Getreidefeldern zu verscheuchen, denn das Korn war fast reif. Und er nahm Steine und warf sie nach den Vögeln. Jedes Mal, wenn er einen Stein warf, sagte er:

»Fliege weg, fliege weg, kleiner Vogel, wie Mweru geflogen ist und kam nicht wieder.«

Und der kleine Junge hörte zu, und als er nach Hause kam, sagte er es heimlich seiner Mutter, was Wagatscharaibu gesagt hatte. Aber sie hatte nicht Acht darauf. Am folgenden Tag geschah es ebenso, am dritten Tag ging die Mutter selbst mit und hörte, was Wagatscharaibu sagte. Die Frau aber hieß Mweru, und sie fragte ihn, warum er diese Worte redete. Und er antwortete:

»Ich hatte eine Schwester, die hieß Mweru, und ich bin viele Monate und Jahre ihr nachgezogen, aber ich habe sie niemals wieder gesehen.«

Und die Frau legte die Hand an die Augen und weinte, denn sie war seine Schwester und sagte:

»Bist du wirklich mein Bruder?«

Denn sie hatte ihn nicht erkannt, so hatten die Irrfahrten ihn verändert. Und sie fügte hinzu:

»Dein Haar ist ungepflegt, und deine Kleider sind nicht, wie sie waren, darum habe ich dich nicht gekannt. Aber du sollst gekleidet sein wie einstmals, und dann werde ich sehen, ob du wirklich mein Bruder Wagatscharaibu bist.«

Und sie ging zu ihrem Mann, demselben, der sie früher geraubt hatte, und sie erhielt vier Schafe und drei Ziegen. Und die Schafe wurden geschlachtet, und Wagatscharaibu aß das Fleisch und wurde wieder stark und groß, und seine Schwester nahm das Fett und pflegte sein Haar und legte es ihm auf die Schultern. Und von den Ziegen waren zwei schwarz und eine weiß, und sie machte davon einen Rock, und sie nahm einen Speer und gab ihn ihm. Das war der Speer, den ihr Mann getragen hatte, als er sie raubte. Sie gab ihm Armbänder von Messing und von Eisen und Beinschmuck und Halsringe und sagte:

»Nun sehe ich, dass du wirklich mein Bruder Wagatscharaibu bist.«

Und ihr Mann liebte ihren Bruder herzlich und gab ihm zwanzig Ziegen und drei Ochsen. Das war viel mehr, als der Preis für seine Schwester war. Aber er gab es ihm aus Liebe und baute ihm eine Hütte neben der seinen und gab ihm dreißig Ziegen, dass er sich eine Frau kaufen konnte. Und Wagatscharaibu kaufte sich ein Mädchen und führte sie in seine Hütte, und seine Ziegen vermehrten sich sehr. Und er nahm zehn von den Ziegen, und sein Schwager gab ihm zwanzig dazu, und er kaufte sich eine zweite Frau. So kehrte denn Wagatscharaibu nicht mehr in seine alte Heimat zurück, sondern blieb da bei seinem Schwager und seiner verlorenen Schwester.

Zwei Freunde

Dschibuti

Es waren zwei befreundete Männer. Von diesen zwei Freunden verarmte der eine, suchte dann bei Leuten Geld auszuborgen, bekam aber keines.

»Was soll ich nun machen?«, dachte er, »ich will jetzt zu meinem Freunde sagen: ›Gib mir sechshundert Taler!‹«

Er ging also zu seinem Freund und sprach zu ihm: »Du, lieber Freund!« Und sprach weiter: »Gib mir sechshundert Taler!«

Sein Freund erwiderte: »Verwende also den Gewinn der sechshundert für dich, das Kapital aber stelle mir dann zurück!«

Da dachte der andere: »Mit den sechshundert Talern, die mir mein Freund gegeben hat, entrinne ich und gehe denn auf ein Schiff, das abfährt.«

Als er zum Hafen gekommen war und ins Boot einstieg, fiel ihm das Geld zur Erde und blieb dort liegen. Es kam ein Sklave des Freundes eben dahin, hob das Geld auf und brachte es seinem Herrn. Dieser erkannte das Geld und sprach: »Diesen Beutel und dieses Geld gab ich ja meinem Freund«, und legte dann das Geld in seine Kiste. Der Mann aber kam zurück und sprach zu ihm: »Mein Freund, gib mir Geld!«

»Wie viel wünschest du, mein Freund?«, erwiderte dieser.

»Gib mir dreihundert Taler!«

Sein Freund gab sie ihm, und jener dachte: »Nun entrinne ich mit diesen dreihundert Talern!«

Er entfernte sich also mit dem Gelde, kam zum Hafen und bestieg ein Boot, dieses fuhr hinaus zum Schiff.

Als das Boot beim Schiff angelegt hatte, stiegen die Leute in dieses ein. Wie nun jener Mann einstieg und eben seinen Fuß auf das Schiff gesetzt hatte, fielen ihm die dreihundert Taler ins Meer; ein großer Fisch hielt den Sack für einen Fisch und verschluckte ihn. Ein Sklave jenes Mannes, der das Geld gegeben hatte, ging mit dem Netz ans Meer, warf es aus und fing den Fisch, der die dreihundert Taler verschluckt hatte; sie fanden sich noch im Fische vor.

Darauf brachte er den Fisch heim und sprach zu seinem Herrn: »Mein Gebieter, ich habe einen Fisch gefangen, welcher dreihundert Taler im Magen hatte.«

»Nun, so bring dieses Geld!«, erwiderte ihm sein Herr, und der Sklave brachte es ihm. Der Herr aber dachte bei sich: »Das ist ja das Geld, das ich meinem Freund gegeben habe.«

Jener Mann aber, der nunmehr nicht abreisen konnte, kehrte zu seinem Freund zurück und sprach zu ihm: »Mein Freund, gib mir vierhundert Taler!«

»Gut, mein Freund«, sagte dieser, »von Anbeginn hast du von mir sechshundert, dann kamen dazu dreihundert, also zusammen neunhundert, und hier hast du die vierhundert Taler, danach in Summa tausend und dreihundert Taler.«

Da dachte jener: »Das Geld meines Freundes lässt sich nicht entwenden; gebe also Gott, dass ich so viel gewinne, um es ihm zurückzuzahlen!«

Danach hatte er das Geld bei sich zu See und zu Land, er trieb Handel, und das Geld mehrte sich; er kehrte dann zu seinem Freund zurück. Zu diesem sprach er: »Ich nahm das Geld zu See und zu Land, trieb Handel, und das Geld mehrte sich; nun zahle ich dir, mein Freund, zurück!« und gab ihm tausend und dreihundert Taler.

»So hast du dir also Geld gemacht?«, bemerkte dieser.

»Jawohl!«, erwiderte jener. Da sprach dieser Freund:

»Um eins möchte ich dich fragen. Als du dieses Geld von mir empfingst, was dachtest du in deinem Herzen?«

Jener erwiderte: »Ich dachte an weiter nichts.«

»Sage es mir nur, ich werde dir darob nicht böse!«

»Nun, so sage ich es dir«, sagte jener. »Ich verarmte, verlor mein Geld, und als ich bei Leuten borgen wollte, gab man mir nichts. Da dachte ich, ich gehe zu meinem Freund. Ich kam also zu dir, und als du mir die sechshundert gabst, dachte ich: ›Damit entrinne ich.‹ Ich ging hinab zum Hafen, da fiel mir wohl das Geld ins Meer und war hin. Ich kam dann wieder zu dir und sprach: ›Gib mir dreihundert!‹ Du weißt ja, wie du es mir gabst. Als du mir die dreihundert gegeben hattest, ging ich von dir und dachte: ›Nun entrinne ich mit diesen dreihundert Talern.‹ Ich ging dann, kam zum Hafen, bestieg ein Boot, und dieses fuhr zum Schiff hinaus. Als es da angelegt hatte, stiegen die Leute ein. Als ich nun den Fuß auf das Schiff setzte, fielen mir die dreihundert Taler, die ich von dir hatte, ins Meer. Ich kehrte dann zu dir zurück und sprach bei mir nun: ›Mein Gott, gewähre mir, dass das Geld, welches mir mein Freund etwa gibt, Segen bringe, so dass ich und er davon leben, ohne dass ich ihn übervorteile!‹ Ich kam also wieder zu dir, begehrte von dir vierhundert Taler, du gabst sie mir, und ich ging hin, trieb mit Glück Handel, und das Geld mehrte sich. Das Geld, das ich mir so gemacht habe, gebe ich dir nun zurück.«

Da sprach der Freund: »Da ich nun, mein Lieber, sehe, wie du dachtest, so gebe ich dir dein Geld; vierhundert Taler gib mir, die neunhundert nimm wieder zurück.«

»Ja, wieso?«, fragte jener.

Da erwiderte ihm dieser: »Mein Geld habe ich schon, nun nimm du das deinige!«

Das passierte also jenen zwei Freunden.

Das Wunderkind

Äthiopien

Vor siebenhundert Jahren lebte ein Mann mit Namen Sege Ze'ab. Er war reich, aber auch heilig. Er sang die süßesten Hymnen, sprach die demütigsten Gebete und gab die freigebigsten Opfer ganz Äthiopiens.

Agzia Haraya, seine Frau, war eine ausgezeichnete Hausfrau. Sie buk die feinsten Flinsen[1], webte die weichsten Stoffe und bereitete das schmackhafteste Gewürzschmorgericht ganz Äthiopiens. Ihr Gemahl liebte sie überaus, denn sie war schön und bescheiden zugleich. Doch etwas machte dieses vollkommene Paar traurig. Ihr schönes, großes Haus war ruhig und leer. Sie hatten kein Kind.

Jedes Jahr verteilte Agzia Haraya am Fest des Erzengels Michael Lebensmittel unter die Armen und betete um ein Kind. Doch nichts geschah. Schließlich gab Sege Ze'ab die Hälfte seiner Güter der Kirche, ließ alle seine Sklaven frei und betete um ein Kind. Doch nichts geschah.

In einem Nachbarland lebte jedoch ein böser König namens Matalome. Stark und kühn, grausam und unbarmherzig streifte er umher und verbreitete Entsetzen im Land.

Eines Tages kamen König Matalome und seine Reiter nach Zorare – der Stadt, in der Sege Ze'ab lebte.

»Der König kommt, um Dich zu töten und all Deine Habe zu stehlen«, sagten die Freunde Sege Ze'abs zu ihm: »Du musst fliehen.«

Sege Ze'ab rannte, so schnell er konnte, davon. Doch er war nicht schnell genug. Laute Rufe folgten ihm. Hufe don-

1 Reibekuchen

nerten hinter ihm her. Speere flogen an seinem Haupte vorbei. Die Reiter kamen näher und näher. Sege Ze'ab gelangte zu dem Ufer eines Sees und sprang geradeswegs hinein. Das Wasser war kalt und tief. Sege Ze'ab sank hinab zum Grund. Seine Lungen platzten, und er glaubte zu ertrinken.

Als er nicht mehr schwimmen konnte, gelangte er zu einer wunderbaren Lufthöhle unter dem Wasser. Und vor ihm stand der Erzengel Michael: »Tritt ein, Sege Ze'ab«, sagte der Erzengel.

Sege Ze'ab ging hinein und verweilte drei Tage bei dem Erzengel und erzählte ihm alle seine Nöte.

»Sei nicht traurig«, sagte der Erzengel, »denn Du wirst einen Sohn haben. Er wird groß und heilig sein und ein Licht für alle Welt.«

Dann schwammen der Erzengel und der Mann durch die Wasser des Sees nach oben, und der Erzengel zeigte Sege Ze'ab den Weg nach Hause.

Als Sege Ze'ab sich jedoch Zorare näherte, setzte sein Herz aus; denn er sah nur schwarze Ruinen, wo Häuser und Kirchen gewesen waren, und leere Straßen, wo sich einst Menschen und Tiere drängten. ›Mein Weib!‹, dachte Sege Ze'ab, ›wo ist mein Weib?‹ Er durchstreifte die Ruinen und rief nach ihr.

»Weib, liebes Weib, wo bist Du?«

Aber lediglich Krähen und Geier krächzten als Antwort.

Inzwischen war nämlich Agzia Haraya von den Offizieren der Reiter des bösen Königs Matalome entführt worden. Die Offiziere sahen, wie lieblich sie war, und ihre Herzen entflammten.

»Ihr Haar ist wie die Ranken von Schlingpflanzen«, sagte einer, »erlaubt mir, mich um sie zu kümmern.«

»Ihre Augen funkeln wie ein helles, strahlendes Licht«,

sagte ein anderer, »erlaubt mir, sie auf meinem Maultier reiten zu lassen.«

»Ihr Nacken ist wie eine Goldkette«, sagte ein dritter, »erlaubt mir, sie mit meinem Mantel zu bedecken.«

Der König hörte, wie hübsch und bescheiden Agzia Haraya war. »Ich werde sie selber heiraten«, dachte er. Es kümmerte ihn nicht, dass sie den ganzen Tag saß und um ihren eigenen, lieben Gemahl weinte. Er sandte ihr köstliche Speisen, damit sie aß. Sie aber weigerte sich, dieselben zu essen. Er sandte ihr hübsche Kleider, damit sie sie trug. Doch sie weigerte sich, dieselben anzuziehen.

»Damit ist es genug«, rief der König aus. »Sie muss das tun, was ihr gesagt worden ist.«

Seine Diener kleideten die weinende Dame in farbige Seide von wunderbarer Art und bedeckten ihren Kopf mit einem goldgestickten Schleier.

»Auf zum Tempel«, rief der König, »macht voran mit der Hochzeit.«

Am Tempel war eine große Menge versammelt. Jeder rief: »Der König, der König«, und die Frauen schnalzten mit ihren Zungen Willkommensrufe. Tausend Krieger lehnten an ihren Speeren; bereit, den Befehlen des Königs zu gehorchen. Dreihundert Magier murmelten ihre Zaubersprüche und hielten ihre Zauberrollen in die Höhe. Über all dem Lärm hörte man eine wehklagende Frauenstimme, als Agzia Haraya protestierend zu dem Tempeltor geführt wurde.

»Da kommt sie, da geht sie«, sagte das Volk des verruchten Königs zueinander. »Es ist jammerschade, dass der Schleier ihr Antlitz verdeckt. Wir hätten sie gern weinen gesehen.«

Plötzlich wurde die Luft von einem erschreckenden Krachen zerrissen. Donner ertönte, und Blitze zuckten. Die Erde bebte, und der Tempel erzitterte. Voller Schrecken fiel das Volk zu Boden – alle außer Agzia Haraya, denn über ihr flog der Erzengel Michael. Er kam herab, riss sie an sich, und sie flog auf seinen Flügeln davon.

»Was geschah? Was war das für ein Lärm?«, sagte jedermann voller Furcht und Staunen.

Die tausend Soldaten sagten hingegen nichts. Sie waren vom Blitz zu Tode getroffen. Den König Matalome hatte die Aufregung jedoch verrückt gemacht. Er kehrte zu seinem Palast zurück und gab seltsame Befehle: »Tötet alle diese Personen«, sagte er, »und baut Häuser in die Luft.«

»Jawohl, Majestät«, antworteten höflich seine Diener. Dann gingen sie von dannen und taten überhaupt nichts. Aber der König Matalome merkte das nicht.

Der Erzengel Michael setzte Agzia Haraya an dem Tor der Kirche ab, in der ihr Gemahl betete. Sie stand für sich und wartete auf ihn, während ihr Schleier über ihr Gesicht gezogen war. Als Sege Ze'ab herauskam, war er erstaunt, dort eine Dame stehen zu sehen, die in schön gemusterte Seide gekleidet war und einen goldgestickten Schleier über ihr Gesicht gezogen hatte.

»Wer sind Sie?«, sagte er. Dabei kam er etwas näher. »Und warum steht so eine liebliche Dame hier allein, ohne dass eine Dienerin ihr zur Hand geht?«

Agzia Haraya schien nicht sehr erfreut. »Vielleicht hat er mich schon vergessen«, dachte sie, »und schaut nach einer anderen Frau aus.« Daher ließ sie ihren Schleier über ihrem Gesicht und stellte ihm geschickte Fragen. Sege Ze'ab beantwortete sie alle mit traurigem Seufzen und Schütteln des Kopfes.

»Mein liebes Weib ist verschwunden«, erklärte er, »und

ich bete Tag und Nacht darum, dass Gott sie wieder zu mir zurückbringe.«

Über diese Mitteilung war Agzia Haraya außer sich vor Freude. Sie schlug ihren Schleier zurück und warf sich in seine Arme. So waren sie das glücklichste Paar in ganz Äthiopien.

Als sie in der kommenden Nacht zu Bett gingen, entschlummerte Agzia Haraya und träumte von einer Lichtsäule, die sich von ihrem eigenen lieben Hause gen Himmel erstreckte. Vögel in glänzenden Farben flatterten um sie herum. Und während Sege Ze'ab schlief, träumte er, dass die Sonne – umgeben von leuchtenden Sternen – von ihrem Bett aus aufging und die ganze Welt erleuchtete. Darauf erschien der Erzengel Michael dem Paare.

»Ihr werdet einen Sohn haben«, sagte er, »geliebt von Gott und geehrt von den Engeln.«

Neun Monate und fünf Tage danach gebar Agzia Haraya einen wunderschönen Sohn. Sege Ze'ab war sehr glücklich. Den Armen und Bedürftigen gab er ein großes Fest. Auch Agzia Haraya war glücklich. Sie hätschelte ihr Kind und sang ihm vor. Sie gab ihm ihre Milch zu trinken und wickelte es dann in ihr Umschlagtuch und befestigte es auf ihrem Rücken, wo es den ganzen Tag über verblieb, murmelnd und lächelnd, während sie ihrer Arbeit nachging.

Im nächsten Jahr gab es wieder Verdruss. Eine Hungersnot brach im Land aus. Die Kornkrüge waren leer. Das Öl ging aus. Arm und Reich standen ohne Nahrung da. Agzia Haraya war sehr traurig. Der Tag des Erzengels kam herbei, während sie kein Essen für das Fest hatte. Sie saß unter einem Baum und beaufsichtigte ihren Sohn beim Spiel. Er kroch in das Haus und deutete auf einen leeren Korb.

»Bist du hungrig, kleine Blume?«, fragte seine Mutter

traurig. Der kleine Junge streckte sein Händchen aus, um den Korb zu berühren. Seine Mutter ergriff den Korb und war sehr erstaunt. Was war das? Plötzlich war der Korb voll. Er war so schwer, dass sie ihn nicht länger zu halten vermochte. Sie stellte ihn ab und betrachtete staunend das Kind. Es war zu den anderen Körben gekrochen, und jeder, den es berührte, floss vor Mehl über.

»Das ist ein Wunder!«, sagte Agzia Haraya staunend. Sie lief davon, um ihren Öltopf zu holen. Nur noch wenige Tropfen befanden sich auf dem Grund. Das Kind steckte ein Händchen hinein, und seine Mutter half ihm, mit der anderen das Kreuz zu schlagen. Schwer atmend stand sie erneut voller Staunen. Öl sprudelte auf, füllte den Krug und schäumte über. Aufgeregt schlug Agzia Haraya die Hände zusammen. Ihr Herz sprang voller Freude. Sie füllte etwas Öl in jeden der leeren Töpfe. Sofort wurden sie voll. So hatte sie schnell alles, was sie zu dem Heiligen Fest des Erzengels Michael benötigte. Die Hungersnot war lang und schrecklich. Doch während sie andauerte, fehlte dem Volk von Zorare nichts. Durch die wunderbaren Kräfte des Kindes hatte es Nahrung, Kleidung und alles, was es brauchte.

Als der Junge nun sieben Jahre alt geworden war, begann er seine Bibel zu lernen: »Was hat er für ein gutes Gedächtnis«, sagte sein Vater. Mit fünfzehn wurde er Diakon in der Kirche.

»Ich sehe den Heiligen Michael neben ihm, ein Feuerschwert haltend«, erklärte der Bischof. Als er zweiundzwanzig geworden war, besuchte ihn der Erzengel Michael, wobei Jesus erschien, auf den Flügeln des Erzengels sitzend.

»Von nun an wird Dein Name Täklä Haymanot lauten«, sagte der Erzengel. »Du wirst nicht mit Bogen und Speer jagen wie andere Jünglinge, denn Du wirst ein Priester werden. Nun gehe, wirke Wunder und fordere das Volk Äthiopiens auf, seine bösen Wege zu verlassen.«

Täklä Haymanot tat, wie ihm geheißen war. Überall wohin er ging, fanden Wunder statt, die Kranken wurden geheilt, und die Toten standen wieder auf. Und das Volk wusste, dass er ein Heiliger war.

Doch der böse König Matalome war noch so verrückt und böse wie immer. Als er hörte, dass der Heilige herumlief und das Volk aufforderte, von seinen bösen Wegen zu lassen, entschloss er sich, ihn zu töten. Er schickte nach dem heiligen Täklä Haymanot und seinem guten Freund Gäbrä Wahid. Dann tat er sie in Flechtkörbe, verschloss sie oben fest und stürzte sie von einem hohen Abhang hinunter. Dreimal versuchte er es. Doch jedes Mal stieß der heilige Erzengel Michael herab und brachte die Körbe in Sicherheit. Nun versuchte der König Matalome den Heiligen mit seinem Speer zu töten. Doch der Speer brach in seiner Hand. Darum ließ er ihn im Gefängnis fesseln. Doch die Ketten fielen von seinen Armen und Beinen herab. Schließlich rief der König nach seinen Soldaten.

»Was sollen wir machen?«, fragte er sie. »Wie sollen wir diesen Zauberer töten?«

»Hängen wir ihn an einem Baum auf«, sagten die Soldaten, »dann wird er uns nicht entkommen.«

»Sehr gut«, erklärte der König. »Aber diesmal müsst ihr es schaffen.« So brachten der König Matalome und seine Henker den vollkommen gefesselten Heiligen zu einem großen Baum und hängten ihn dort. Doch der Ast des Baumes bog sich herab, und im Rauschen der Blätter erhob sich eine Stimme: »Steige von mir herab, o Mann Gottes.«

Der Baum stellte den heiligen Täklä Haymanot sachte

auf seine Füße, und der Strick glitt von seinem Nacken. Die Henker jedoch stürzten von dem höchsten Ast herab und starben. Tausende sahen das Wunder und fielen auf ihre Knie. Den König Matalome brachte das jedoch gewaltig in Rage. Er ließ allen die Köpfe abschlagen, denn er war verrückter und verschlagener denn je zuvor.

Eines Tages ging Gäbrä Wahid, der Freund des heiligen Täklä Haymanot, zu dem König Matalome, dessen gewaltsamem Zorn trotzend.

»Warum, o König«, sagte er, »lässt Du nicht ab, gegen diesen heiligen Mann zu kämpfen? Warum bittest Du ihn nicht vielmehr, Dich von Deiner Verrücktheit zu heilen?«

»Ich möchte gerne geheilt werden«, antwortete der König ruhig, »aber ich habe Angst vor Täklä Haymanot. Vielleicht will er versuchen, mir mein Königreich wegzunehmen.«

Doch schließlich überredete Gäbrä Wahid den König Matalome, den Heiligen zu rufen. Und der heilige Täklä Haymanot erschien, betete zu Gott, und sofort genas der König von seiner Verrücktheit.

Darauf taufte der Heilige den König mit hundertzweitausend und neunundneunzig seiner Leute – und der Heilige lehrte den König die Bibel und zeigte ihm, wie er seine verruchten Wege ändern könnte.

Nun war König Matalome sehr betrübt über alle seine vielen Missetaten und über die von ihm getöteten Unschuldigen. Er beschloss, hinfort nur gut zu sein. Der König und der Heilige wurden Freunde und sprachen lange Stunden über viele Dinge.

»Sag mir«, fragte der König eines Tages, »ist es wahr, dass Menschen von den Toten auferstehen können?«

»Ja«, erklärte der heilige Täklä Haymanot.

»Dann zeige es mir«, sagte der König.

»Einstmals, vor fünfundzwanzig Jahren, wurden tausend meiner Soldaten vom Blitz erschlagen. Mache sie wieder lebendig, und ich will glauben.«

»Sage mir erst, warum sie getötet wurden«, erklärte Täklä Haymanot.

»Ich kann nicht«, sagte der König und senkte voller Scham seinen Blick.

»Dann werde ich es Dir erzählen«, sagte der Heilige. »Du stahlst eine schöne Frau ihrem Gemahl und beschlossest, sie selbst zu heiraten. Aber der heilige Michael riss sie von Dir hinweg und tötete Deine Soldaten.«

»Woher weißt Du das?«, sagte der König, vom Donner gerührt.

»Sie war meine Mutter«, erklärte der heilige Täklä Haymanot.

Der König war äußerst erschreckt, als er das hörte. Er warf sich vor den bloßen Füßen des Heiligen nieder, und seine Wangen wurden von Tränen der Reue durchfurcht.

»Vergib mir«, sagte er, »bitte, bitte, vergib mir.«

»Ich vergebe Dir«, sagte der Heilige und begab sich zu dem Ort, an dem die Soldaten begraben waren. Ihre Gebeine wurden wieder zusammengefügt, und sie standen alle von den Toten auf.

Der heilige Täklä Haymanot zog von dannen auf einem Lichtteppich, den Jesus selbst ihm gegeben hatte. Überall, wohin er kam, geschahen seltsame Wunder. Die Kranken wurden geheilt, und die Toten standen wieder auf.

Ein Mann brachte seinen Maulesel zu einem Fluss, um ihn trinken zu lassen.

»Bitte warte, bis ich meinen Wasserkrug gefüllt habe«, bat dort eine Frau. »Du wirst das Wasser schmutzig machen.«

»Nein«, antwortete der Mann grob.

»Im Namen des heiligen Täklä Haymanot soll Dein Maulesel nicht trinken«, rief die Frau. Und obwohl der Mann ihn zu zwingen versuchte, weigerte sich der Maulesel zu trinken, bis der Krug der Frau gefüllt war.

Ein grimmiger Leopard raubte ein Kind.

»Im Namen unseres Vaters Täklä Haymanot, Du sollst mich nicht fressen«, rief der kleine Junge aus. Der Leopard trug ihn sanft zu seiner Höhle, und drei Tage später kehrte der Junge sicher und gesund nach Hause zurück, auf dem Rücken des Leoparden reitend.

Ein Mann trieb sein Vieh zur Tränke in den Fluss, als ein Krokodil ein Bein eines Ochsen festhielt. »Heiliger Täklä Haymanot, rette ihn«, rief der Mann aus. Daraufhin brachen die Zähne im Maul des Krokodils, und der Ochse entkam unbeschädigt.

Der heilige Täklä Haymanot kletterte die steile Wand unterhalb des großen Klosters von Däbrä Damo herab, als plötzlich das Seil riss. Sofort wuchsen ihm sechs Flügel aus seinen Schultern, und der Heilige flog sicher davon.

Ein Landmann zog zum Pflügen, anstatt das Fest des heiligen Täklä Haymanot zu feiern. Sofort erhob sich ein schrecklicher Hagelsturm. Die großen Hagelkörner betäubten seine Ochsen und wuschen die Erde von seinen Feldern hinweg.

Ein Geier ergriff eine Henne, die eine Frau für den Festtag des Heiligen vorbereitete.

»Im Namen des heiligen Täklä Haymanot«, rief sie aus, »bringe mir meine Henne zurück«, und der Geier brachte sie zurück. Jene Henne hatte nun viele Küken. Eines Tages stahlen einige Soldaten zwei derselben und versuchten sie in einem Topf zu kochen.

»Im Namen des heiligen Täklä Haymanot, Ihr sollt sie

nicht essen«, rief die Frau. Der Topf öffnete sich daraufhin, und die Vöglein flatterten lebendig davon.

Überall wohin er kam, trieb der heilige Täklä Haymanot die Teufel aus, die vor ihm flüchteten. Viele Male gab er den Toten wieder Leben.

Wilde Tiere fraßen die Ernte weg.

»Lasst sie fressen«, sagte der Heilige, »auch sie sind Gottes Geschöpfe.« Ein großer Affe griff jedoch eine arme Frau an und schnappte ihre Nahrung weg. Daher befahl der Heilige allen wilden Tieren, sich von den Feldern fernzuhalten. Sie gehorchten ihm.

Ein andermal erschien ein Mann mit einer schrecklichen Krankheit vor der Zelle des heiligen Täklä Haymanot, wusch sich in dem benachbarten Fluss, und alle seine Wunden verschwanden.

Einst suchte eine gewaltige, zweigehörnte Schlange den heiligen Täklä Haymanot zu verschlingen. Der Heilige spaltete das Untier jedoch in zwei Teile vom Kopf bis zum Schwanz. Der von Fern zuschauende Teufel floh voller Entsetzen.

Ein kleiner Junge kletterte in das Feuer. »Heiliger Täklä Haymanot, rette mein Kind«, schrie die erschreckte Mutter. Der kleine Junge wurde überhaupt nicht verletzt, sondern spielte in den Flammen, ohne dass ein Haar versengt wurde. Ohne dieses ungewöhnliche Wunder wäre das Kind elend verbrannt.

Ein armer Mann litt an einer kranken Hand. Einst war er erstaunt, sein Maultier und seinen Esel zu ihm sprechen zu hören: »Gehe zu unserem Vater Täklä Haymanot«, sagten sie, »und Du wirst geheilt werden.«

Der Mann tat, wie ihm geheißen, und seine Hand wurde geheilt.

So gingen die Jahre dahin, und der Ruhm des Heiligen verbreitete sich weit. Viele Schüler kamen zu ihm, die er die Wege lehrte. Als der Heilige aber alt wurde, wurde er auch müde.

»Der Welt gab ich Licht«, sagte er müde, »aber ich erhielt dafür Finsternis. Ich habe andere geheilt, aber bin selbst krank geworden.«

Er verließ daher seine Anhänger und begab sich an einen einsamen Ort, wo er sich ganz dem Gebet hingeben konnte. Er fertigte für sich eine kleine Zelle an; so klein, dass er in ihr weder sitzen noch liegen konnte. Überdies steckte er Messer in die Seiten, um sich selbst zum Stehen zu zwingen. Jahr für Jahr, Tag und Nacht stand nun der heilige Täklä Haymanot in seiner Zelle, fast nichts essend und trinkend, unablässig zu Gott betend. Nach vielen Jahren verdorrte eines seiner Beine und fiel ab. Doch der Heilige stand nun auf dem anderen. Sieben weitere Jahre stand er so, schlafend und wachend, fast nichts essend und trinkend und zu Gott ohne Unterbrechung betend.

Schließlich sandte Gott eines Tages seine Engel, um die Seele des Heiligen in einer Ruhmeswolke zum Himmel zu führen. Und Jesus sagte zu ihm: »Du hast den Glauben gehalten, o guter und treuer Haushalter. Ich werde Dir fünfzehn Städte des Paradieses geben und fünf der Königreiche des Himmels.«

Und nachdem die Seele des Heiligen in das Paradies entrückt war, begruben seine trauernden Jünger seinen Leib auf einem weiten Platz. Dort wurde ein großes Kloster gebaut. Es existiert noch heute, hoch in den Bergen Äthiopiens, tief im Herzen Afrikas.

Von Nussdieben und gefräßigen Hyänen – Afrikanische Tiermärchen

Ich durchbrach die Bitterkeit des Meeres,
Ich schüttete aus die Aasgeier und Adler.
Schauet die Vögel in ihrem Kreisflug.
Und wie sie die Beute einander wegschnappen!

Flusspferd-Gesang

Die Hungersnot

Nigeria

Einst war eine allgemeine Hungersnot eingetreten; niemand konnte Nahrung auftreiben und traurig saßen die Leute daheim und sannen auf Mittel und Wege, sich Speise zu verschaffen. Von Hunger geplagt ging die Hyäne eines Tages in den Wald hinein, in der Hoffnung, ein wenig Nahrung zu finden; da bemerkte sie eine große Anzahl Affen, die in einem See badeten.

Sie wandte sich an dieselben und sprach: »Mein Fell ist schmutzig, bitte erlaubt mir, mich in Eurer Gesellschaft zu baden.« Freundlich erwiderten die Affen: »Schwester Hyäne, Gott hat diesen See für Dich und uns geschaffen, komm nur und bade Dich!«

Die Hyäne nahm dies freundliche Anerbieten an, stieg in den See hinab und badete sich in Gemeinschaft mit den gutmütigen Affen, die nicht daran dachten, die Hyäne könne gekommen sein, um sie zu verschlingen. Leise und behutsam ergriff die Hyäne plötzlich einen der badenden Affen, drückte ihn mit Blitzesschnelle unter das Wasser und verbarg ihn daselbst. Die andern Affen badeten ruhig weiter, ohne das Geringste zu bemerken, und machten sich hernach miteinander auf den Heimweg.

Kaum waren sie fort, so kehrte die Hyäne zurück, um ihre Beute aus dem Wasser zu holen. Erst daheim vermissten die Affen einen aus ihrer Mitte. Ihr Häuptling sprach darauf: »Wir sind alle bis auf einen nach Hause gekommen; wohin mag der nur geraten sein?« Allen seinen Untertanen legte er diese Frage vor, es konnte aber niemand Antwort geben, und in schweigender Trauer saß der greise Affenhäuptling da.

Am nächsten Morgen versammelten sich alle wiederum im Hause des Häuptlings und machten sich alsdann gemeinschaftlich auf, um wieder in jenem See zu baden. Kaum waren sie dort, als sich auch die Hyäne zu ihnen gesellte; die fragten sie alsbald: »Als wir gestern in Deiner Gesellschaft gebadet hatten, Schwester Hyäne, vermissten wir auf dem Heimwege einen von uns. Sage, hast Du ihn wohl eingefangen?«

Die Hyäne aber versetze: »Habt Ihr vielleicht, als wir gestern nach dem Bade aus dem Wasser kamen, um uns auf den Rückweg zu begeben, gesehen, dass ich einen von Euch getötet und fortgeschleppt habe? Wie? Oder habt Ihr etwa Blut an mir wahrgenommen? Haltet Ihr mich für einen Dieb?« Die Affen entgegneten indessen: »Du! komm nicht wieder zu uns; wir wollen Dich nicht mehr sehen! Lässt Du Dich je wieder unter uns blicken, so wollen wir Dich töten. Das merke Dir!«

Als die Hyäne das gehört, ging sie ärgerlich nach Hause und legte sich schlafen. Am nächsten Morgen erhob sie sich von ihrem Lager, verbarg einen Stein unter ihrem Fell und schlich nach dem Badeplatze der Affen. In der Nähe des Sees angelangt verbarg sie sich unter einem Baum, so dass sie von ihrem Standpunkte aus alle Bewegungen der Affen beobachten konnte, ohne jedoch von ihnen gesehen zu werden.

Als die Affen nun hier und da im Wasser verstreut waren, ergriff die Hyäne den bereitgehaltenen Stein, zielte nach einem der Affen, und im Augenblick stürzte der Getroffene in das Wasser. Erschreckt machten sich die andern Affen alsbald auf die Flucht, die Hyäne aber holte sich ihre Beute heraus und schleppte dieselbe nach ihrer Höhle.

Der Schakal aber, der Priester der Tiere, machte sich auf

und kam zur Hyäne. Traurig redete er dieselbe an: »Schwester Hyäne! Ich komme flehend zu Dir; o, leiste mir Hilfe!« »Was willst Du denn von mir?«, entgegnete die Hyäne. »Ach«, versetzte der Priester Schakal, »alle meine Frauen und Kinder sind hungrig; die Ärmsten haben nichts zu essen, darum bitte ich Dich, rate mir, wie ich ihnen Nahrung verschaffe.« Die Hyäne erwiderte auf die Bitte des Schakals: »Geh jetzt nur nach Hause und lege Dich schlafen; wenn Du aber morgen früh wiederkommst, dann will ich Dir zeigen, wo ich mir Nahrung verschaffe.«

Der Schakal gehorchte und stellte sich am folgenden Morgen zeitig bei der Hyäne ein, die ihm gebot, ihr zu folgen.

Sie führte den Schakal zum See und verbarg sich mit ihm unter einem nahen Baume; von dort aus zeigte die Hyäne dem Schakal die badenden Affen und sprach dabei: »Bruder Priester, sieh hier, was ich zu essen pflege. Da Du sagst, Du seiest so hungrig, so spiele jetzt Deine Rolle; während ich heimgehe, um Dich zu erwarten, bitte Du zu Gott, dass er Dir beistehen möge; glückt es Dir alsdann, etwas zu erjagen, so bringe die Beute zu mir, auf dass wir sie teilen.«

Darauf kehrte die Hyäne zurück, der Schakal aber schlich sich bis zum Wasser hin, tauchte dann leise unter – der Priester Schakal ist ja sehr wohl mit dem Wasser vertraut – und schwamm unbemerkt und geräuschlos unter dem Wasser bis ganz in die Nähe der Badenden; dann hob er behutsam den Kopf hervor, ergriff den nächsten Affen, drückte ihn an sich und zog ihn zu sich herab. Das Wasser, welches dem Affen in die Nüstern drang, erstickte ihn alsbald, und so behutsam, wie er gekommen, schwamm der Schakal mit seiner Beute ans Land und brachte dieselbe, unbemerkt von den Affen, die ruhig fort badeten, zur Hyäne.

»Schwester Hyäne!«, rief er ihr zu, »Du hast mir einen großen Dienst erwiesen: Ich litt Hunger, und Du zeigtest mir, wie ich mir Nahrung verschaffen könnte; ich befolgte Deinen Rat und mit Gottes Hilfe fand ich Speise. Komm nun und teile die Beute zwischen mir und Dir.«

Die Hyäne schnitt ein Vorderbein ab und gab es dem Schakal, dem Priester der Tiere, und der zog ruhig mit seinem Anteile ab.

Am folgenden Morgen machte der Schakal sich allein auf den Weg nach dem See, und als er die Affen lustig im Wasser umherspielen sah, schwamm er in derselben Weise heran wie am vorhergehenden Tage. Diesmal hatte er es auf einen großen Affen abgesehen, der aber Zetermordio schrie, als der Schakal ihn unter das Wasser zog. Erschreckt stürzten alle andern Affen ans Land und eilten in schleuniger Flucht davon.

Der Schakal lud sich den toten Affen auf und ging davon. Unterwegs sprach der Schakal zu sich selbst: »Hm! die Hyäne sitzt nun behaglich zu Hause; ich aber soll auf die Jagd gehen, soll Tiere töten und die Beute zu ihr schleppen, damit sie mir dieselbe abnimmt und mich mit einem ganz geringen Antheil abspeist? Nein, das will ich nicht länger dulden!«

Kurz entschlossen eilte er seinem Hause zu und ließ die Hyäne vergeblich auf seine Rückkunft warten. Endlich ward dieselbe ungeduldig, zugleich stieg auch der Argwohn in ihr auf: »Wie, wenn der Schakal mir seine Beute gar nicht bringen wollte!« Sie verbarg sich in Folge dessen auf dem Wege, der nach des Schakals Höhle führte. Bald sah sie denselben auch mit seiner Bürde des Weges kommen. Plötzlich sprang sie auf und rief: »Halt!«

Erschreckt blieb der Schakal stehen. »Bruder Schakal«,

rief die Hyäne nun, »möge niemand von allen Lebendigen je einem Deines Stammes etwas Gutes erweisen, da Du meine Güte mit solchem Undank lohnst. Wie? Ich zeige Dir, wie und wo Du Nahrung für Deine hungernden Jungen finden kannst, und Du willst mir keinen Anteil an der Beute geben? Warte! Ich habe Dir erst Gutes erwiesen, zur Strafe für Deinen Undank aber sollt jetzt Deine Beute und Du selbst mir anheimfallen. Du sollst nicht wieder von hier entkommen!« Mit diesen Worten packte sie den Priester Schakal bei der Kehle; der aber riss sich los, ließ den toten Affen der Hyäne und eilte davon.

Nun ist ja der Schakal der Priester über alle Tiere im Walde und vieler Zauberkünste mächtig. Als er nach Hause gekommen war, verwandelte er sich in einen alten Mann; als solcher ging er zur Hyäne und sagte: »Hyäne, kennst Du mich? Der Priester Schakal kam zu mir und klagte, Du habest ihm den Weg versperrt und ihm feine Beute, die Gott ihm im Walde beschert, entrissen; dann habest Du ihn noch dazu geschlagen. Sage, weißt Du nicht, dass der Schakal der Priester über alle Tiere im Walde ist? Gleich gib heraus, was Du ihm entrissen hast, damit ich es ihm zurückerstatte. Willst Du das aber nicht, so werde ich meine Söhne zusammenrufen, dass sie Dich binden und Dich zu mir bringen; alsdann soll der Priester Schakal mit Dir tun, was er will.«

Die Hyäne, durch die Worte und den scharfen Blick des Mannes erschreckt, holte zitternd den Rest der Beute aus ihrer Grube hervor und übergab ihn dem Schakal. Der nahm ihn und sprach drohend: »Für heute sei Dir Deine Strafe geschenkt, aber hüte Dich, dass ich nicht wieder zu hören bekomme, Du habest Hand an eines Priesters Eigentum gelegt; sonst will ich Dich in eine Grube werfen, aus der Du nimmer wieder hervorkommen sollst. Für heut soll es Dir vergeben sein, aber lass mich ja nicht wieder etwas Schlimmes von Dir hören!« Mit diesen Worten entfernte sich der vermeintliche alte Mann mit dem Fleisch und ließ die Hyäne in großer Angst und Bestürzung zurück.

Seit der Zeit weichen sich Hyäne und Schakal stets aus, so oft sie einander im Walde begegnen.

Für-Euch-Alle

Nigeria

Die Hyäne pflegte ihren Jungen auf folgende Weise Nahrung zu bringen: Sie las im Walde Knochen auf und brachte sie ihren Kindern als Nahrung heim. Sobald die Nacht hereingebrochen war, pflegte sie sich aufzumachen, und erst mit dem Grauen des Tages kehrte sie mit ihrer Beute heim.

Als sich die Hyäne einst zu diesem Zwecke entfernt hatte, kroch der Schakal in die Höhle, in welcher die Jungen der Hyäne sich aufhielten. Scheinbar arglos ließ er sich mit den Kleinen in ein Gespräch ein und fragte sie nach ihren Namen. Ein Jedes nannte darauf seinen Namen; der Schakal aber sagte: »Und ich heiße ›Für-Euch-Alle‹«.

Als der Schakal die Hyäne kommen hörte, versteckte er sich; bald kam die Hyäne heim und gab ihren Jungen das mitgebrachte Fleisch. Nun pflegten die Kleinen, wenn ihre Mutter ihnen Fleisch brachte, zu fragen: »Für wen ist es bestimmt?« und die Hyäne gab alsdann zur Antwort: »Für Euch alle.«

Bei Einbruch der Nacht entfernte sich die Hyäne wieder, ohne zu wissen, dass der Schakal in der Höhle sei. Kaum war sie fort, so kam der Schakal hervor und sprach zu den Kleinen: »Gebt mir das Fleisch, es ist für mich bestimmt. Habt Ihr nicht gehört, dass Eure Mutter meinen Namen genannt hat?« »Ach ja«, erwiderten die Kleinen und gaben dem Schakal das Fleisch. Der verzehrte es ganz behaglich, während die Kleinen hungrig dabeisaßen; dann versteckte er sich wieder.

So ging es nun alle Tage; so oft die Hyäne von ihren nächtlichen Streifzügen heimkehrte, gab sie den Kindern die mitgebrachten Knochen mit den Worten: »Nehmt! Das ist für Euch alle!« War die Hyäne dann wieder auf Beute ausgegangen, so ließ der Schakal sich das Fleisch geben und verschmauste es; die Kinder der Hyäne aber ließ er hungern.

So gingen mehrere Wochen hin, ohne dass die Hyäne eine Ahnung von den Streichen des Meisters Schakal hatte; der tat sich inzwischen an der Beute gütlich, welche die Hyäne in ihrer Mutterliebe allnächtlich mühsam zusammenlas.

Da gebot sie eines Tages ihren Kindern, aus der Grube hervorzukommen. Als sie nun herauskamen, sah die Hyäne, dass sie alle ganz hager und abgefallen waren; eins der Jungen war vollkommen abgemagert, und nicht ein einziges sah frisch und wohlgenährt aus.

Erstaunt und erschrocken fragte die Hyäne: »Was habt Ihr nur mit all dem Fleische angefangen, das ich Euch immer zum Essen brachte?« Die Kleinen gaben zur Antwort: »Der Für-Euch-Alle hat alles gegessen.« »Wer ist denn dieser Für-Euch-Alle?«, fragte die Hyäne verwundert. Die Kleinen entgegneten: »Das ist des Schakals Name.« »Und wo ist er?«, rief die Hyäne zornig. »In der Grube«, war der Kinder Antwort.

Als die Hyäne nun in die Grube hinabspähte und den Schakal darinnen bemerkte, rief sie ihm zu: »Mach, dass Du herauskommst, heut ist Deine Betrügerei zu Ende!« »Ja wohl«, entgegnete der Schakal, »ich komme schon.« Dabei streckte er seine Ohren aus der Grube hervor und rief der Hyäne zu: »Fasse eben meine Schuhe an, damit ich hinauskommen kann.« In der Meinung, seine Schuhe zu fassen, packte die Hyäne, ohne hinzusehen, den Schakal bei den Ohren und schnellte auf diese Weise den feisten Für-Euch-Alle heraus.

So, während die Hyäne noch auf das Herauskommen des Schakals lauerte, stand derselbe bereits hinter ihr und rief ihr höhnend zu: »Hyäne, Hyäne, schau mich an, ich gehe jetzt nach Hause!« So sprechend eilte er davon, die Hyäne aber jagte ihm nach; er rief indessen lachend: »Eins, zwei, drei! Eins, zwei, drei!« und lief so schnell fort, dass die Hyäne ihn nicht einholen konnte.

Zähneknirschend kehrte sie um und setzte sich wutentbrannt in der Mitte ihrer armen, halbverhungerten Kinder nieder.

Der Elefant und die Schildkröte

Namibia

Zwei Wesen, der Elefant und der Regen, stritten miteinander. Der Elefant sagte: »Wenn Du sagst, Du ernährst mich, womit ernährst Du mich denn?« Der Regen gab zur Antwort: »Wie kannst Du sagen, dass ich Dich nicht ernähre? Wenn ich mich entferne, wirst Du dann nicht sterben?« – Da zog der Regen weg.

Da sprach der Elefant: »Geier! wirf das Los für mich, um Regen zu schaffen.« Der Geier sagte: »Ich will das Los nicht werfen.«

Dann sprach der Elefant zur Krähe: »Wirf Du das Los!«, und sie gab ihm zur Antwort: »Gib mir das Nötige, um das Los werfen zu können.« Die Krähe warf das Los – und siehe! es regnete. Und durch den Regen bildeten sich Teiche, die jedoch bis auf einen sämtlich wieder austrockneten.

Als nun der Elefant auf die Jagd gehen wollte, sprach er zur Schildkröte: »Schildkröte, bleibe hier bei dem Wasser zurück!« So blieb die Schildkröte bei dem Wasser, und der Elefant ging auf die Jagd.

Da kam die Giraffe und sprach zur Schildkröte: »Gib mir Wasser!« Die Schildkröte gab zur Antwort: »Das Wasser gehört dem Elefanten.«

Dann kam das Zebra und sprach zur Schildkröte: »Gib mir Wasser!« Die Schildkröte gab zur Antwort: »Das Wasser gehört dem Elefanten.«

Da kam der Gemsbock und sprach zur Schildkröte: »Gib mir Wasser!« Die Schildkröte sagte dagegen: »Das Wasser gehört dem Elefanten.«

Da kam das Gnu und sagte: »Gib mir Wasser!« Die

Schildkröte aber erwiderte: »Das Wasser gehört dem Elefanten.«

Da kam der rote Bock und sagte zur Schildkröte: »Gib mir Wasser!« Die Schildkröte versetzte: »Das Wasser gehört dem Elefanten.«

Da kam der Springbock und sagte zur Schildkröte: »Gib mir Wasser!« Die Schildkröte aber gab ihm zur Antwort: »Das Wasser gehört dem Elefanten.«

Da kam der Schakal und sagte: »Gib mir Wasser!« Die Schildkröte aber sagte: »Das Wasser gehört dem Elefanten.«

Da kam der Löwe und sprach: »Schildkrötlein, gib mir Wasser!« Als das Schildkrötlein etwas dagegen sagen wollte, packte es der Löwe und biss es; dann trank der Löwe von dem Wasser, und danach tranken alle Tiere davon.

Als der Elefant nun von der Jagd heimkehrte, sagte er: »Schildkrötlein, wo ist das Wasser?« Die Schildkröte gab zur Antwort: »Die Tiere haben das Wasser getrunken.« Da fragte sie der Elefant: »Schildkrötlein! Soll ich Dich mit meinen Zähnen zermalmen, oder soll ich Dich verschlucken?« Das Schildkrötlein sprach: »Bitte, verschlucke mich!« und der Elefant verschluckte das Schildkrötlein.

Als der Elefant das Schildkrötlein verschluckt hatte, und es nun in dem Bauche des Elefanten war, biss es demselben Leber, Herz und Nieren entzwei. Der Elefant sagte: »O Schildkrötlein, Du tötest mich!« So starb der Elefant; das Schildkrötlein aber kam wieder heraus und ging, wohin es wollte.

Der Däumling

Sierra Leone

Ein König hatte viele Kühe, unter denen eine besonders große war. Die gefiel der Spinne außerordentlich, so ging sie zum Herrn Taba[1] und fragte ihn, ob er ihr behilflich sein wolle, des Königs große Kuh zu töten; dann wollten sie dieselbe gemeinschaftlich verzehren.

Schreckte Herr Taba auch anfangs vor diesem Unternehmen zurück, doch ließ er sich von der Spinne bereden, ihr auf die königliche Weide zu folgen. Dort trafen sie den Ameisenfresser, wie er eben ein Loch in die Erde wühlte. Zu dem sagte die Spinne: »Was gräbst Du hier? Du wirst in eine schöne Geschichte kommen, wenn eine von des Königs Kühen hier hineinfällt.«

Erschreckt lief der Ameisenfresser davon, holte Erde herbei und füllte das Loch wieder zu. Als der Ameisenfresser darauf schlafen wollte, begleiteten die beiden andern ihn unter freundlichen Reden zu seiner Lagerstätte, um zu erfahren, wo dieselbe sei.

Darauf holte die Spinne die Kuh des großen Königs herbei, öffnete das Loch, das der Ameisenfresser gegraben und ließ die Kuh hineinstürzen; dann ging sie davon.

Als später des Königs Knechte kamen, um nach dem Vieh zu sehen, fanden sie, dass eine Kuh mit dem Kopfe aus der Grube hervorschaute. Als der König diese Nachricht erhielt, ging er selbst mit seinem Gefolge dorthin; als man aber die Kuh herauszog, war sie bereits tot. »Wie ist das zugegangen?«, rief der König erstaunt. »Rufe nur den Amei-

1 der Däumling

senfresser herbei, der hier ganz in der Nähe schläft; der wird es schon wissen!«, so rief die Spinne dem König zu. Der König rief den Ameisenfresser herbei und sagte: »Du hast mir meine Kuh getötet.« Als der Ameisenfresser dies bestritt, fragte der König: »Sprich, hast Du dieses Loch gegraben oder nicht?« »Das habe ich allerdings getan«, versetzte der Ameisenfresser, »aber die Kuh habe ich nicht getötet.«

Während die beiden so sprachen, flüsterte die Spinne dem Herrn Taba zu: »Gib Acht, wir wollen den Ameisenfresser schon verspeisen.« Dann ging sie zu des Königs Minister und sagte: »Verhafte doch den Ameisenfresser, er hat die Kuh getötet.« Da packte des Königs Minister den Ameisenfresser und sagte: »Du streitest vergebens wider den König. Ich verhafte Dich hiermit. Lass ihn töten, o König, denn er hat Deine Kuh getötet.« »Ja«, rief die Spinne, die nach seinem Fleische lüstern war, »lass ihn töten.«

Da ließ der König den Ameisenfresser töten; als er aber Befehl gab, seine Leiche in der Stadt zu begraben, riet ihm die Spinne, ihn lieber im Grasfelde zu beerdigen. So ward denn der Ameisenfresser in der Grube beerdigt, in welcher des Königs Kuh verunglückt war. Der König ließ alsdann die Kuh in die Stadt bringen, um ihr Fleisch zu verteilen; der Spinne aber gab er ein ganzes Bein, weil sie ihm Nachricht gegeben, wer die Kuh getötet habe.

In der Nacht aber holten die Spinne und Herr Taba die Leiche des Ameisenfressers aus seinem Grabe und trugen dieselbe hinter das Haus. Erfreut sagte Herr Taba: »Ich sehe schon, Spinne, Du kannst etwas durchsetzen.«

Von dem Fleisch des toten Ameisenfressers zehrten die Spinne und Herr Taba bis zum nächsten Mondwechsel. Als sie das letzte Stück aßen, rief Herr Taba traurig: »Ach, nun ist die schöne Zeit des Fleischessens vorüber.« »Warte nur«, entgegnete die Spinne, »morgen gibt es wieder Fleisch für uns.«

In der nächsten Nacht, als alles schlief, rief die Spinne Herrn Taba, und beide gingen an den Ort, wo des Königs Kühe angebunden waren. Die Spinne bestrich eine der schönsten Kühe unter der Nase mit ein wenig Arznei, die sie mitgebracht hatte; da schnappte die Kuh beide auf. »Das Herz müssen wir unversehrt lassen«, sagte die Spinne, als sie drinnen in der Kuh waren. Dann zog sie ein Messer hervor und schnitt der Kuh ein Gutteil Fleisch aus. Das Fleisch legte sie alsdann in einen Korb, den Herr Taba ihr hinhielt. Als die Kuh nun einmal das Maul zum Gähnen öffnete, schlüpften beide hinaus.

Nachdem sie an dem mitgebrachten Fleisch vier Tage gezehrt hatten, krochen sie eines Nachts auf dieselbe Weise wieder in die Kuh hinein. Herr Taba schnitt mit seinem Messer der Kuh eine Niere aus, die Spinne aber rief ihm zu: »Schneide an der Brust, Herr Taba.« Aus Versehen schnitt Herr Taba jedoch die Herzsehnen durch, da stürzte die Kuh sofort tot nieder. Die Spinne verbarg sich schnell unter der Leber, Herr Taba aber kroch in seiner Angst in den Magen.

Am folgenden Morgen fanden des Königs Knechte die Kuh tot; man schnitt ihr den Bauch auf, dann trennten die Leute mit Hackbeilen das Fleisch von den Rippen. Da rief die Spinne von innen heraus: »Trefft mich nur nicht, trefft mich nur nicht!« Da liefen alle erschreckt davon und eilten zum König, um ihm zu melden, die tote Kuh spräche.

Der König ging selbst zur Stelle und gebot den Leuten, von neuem zu hacken. Endlich fand man die Spinne, und der König befahl seinen Leuten, sie zu geißeln. So band man die Spinne denn an einen Baum, kaum aber hatte sie den ersten Schlag erhalten, so rief sie laut: »Herr Taba und ich, wir sind zusammen gewesen!« »Wo ist Herr Taba denn?«, fragte man. Da die Spinne aber keine Antwort darauf geben konnte, so sagte der König: »Du lügst, Spinne; Du hast meine Kuh getötet!«

Taba hielt sich inzwischen im Magen der Kuh verborgen. Nun wurden die Kinder zum Bache geschickt, um das Geschlinge auszuwaschen; als sie dort den Inhalt desselben in den Bach schütteten, sprang Herr Taba vorsichtig heraus, kam an der andern Seite des Baches erst wieder zum Vorschein und klagte laut: »Warum geht Ihr so mit mir um?« »Ach, Herr«, versetzten die Kinder, »wir haben es ja nicht gewusst.«

Als der König Herrn Tabas Stimme vernahm, eilte er hinzu und fragte, was es gäbe. »Ach«, klagte er, »die Kinder haben mich mit Schmutz beworfen, während ich mich badete.« Da holte der König selbst ein Hemd und ein Paar Hosen herbei und sprach zu Herrn Taba: »Reinige Dich, mein Freund, und kleide Dich an.« Herr Taba gehorchte und ging alsdann mit dem König zur Stadt.

Trotz der wiederholten Beteuerung der Spinne, Taba sei mit ihr in der Kuh gewesen, versicherte dieser, es sei nicht wahr. Herrn Tabas Weib wurde nun befragt; die sagte aus, Herr Taba habe die Nacht nicht im Hause geschlafen, sondern sei schon am Tage vorher, als die Sonne noch hoch am Himmel stand, ausgegangen. Herr Taba aber sagte, wenn die Spinne die Wahrheit sagte, würde man ihn ja auch im Bauche der Kuh gefunden haben. »Ja«, sprach der König, »die Spinne lügt; sie allein hat die Kuh getötet. Peitscht sie!«

Da banden sie die Spinne an eine junge Palme und schlugen sie mit Palmzweigen, bis der König endlich sagte: »Nun lasst sie laufen!« Die Spinne war lange Zeit krank; als sie wieder genas, merkte sie, dass ihr in Folge der erlittenen Hiebe viele Beine gewachsen waren, und beschämt lief sie in den Busch.

Die Nussdiebe

Westafrika

Es war einmal ein Tiger; der hatte auf seiner Besitzung einen außerordentlich großen Nussbaum, dessen Früchte ganz herrlich schmeckten. Da der Tiger etwas geizig war, so ließ er bei allen Tieren bekanntmachen, dass bei Todesstrafe niemand von den Nüssen nehmen dürfte. Die Bekanntmachung vernahm auch die Schildkröte; aber da sie etwas dickfellig war, dachte sie:

»Was geht's mich an?«

Als nun die Zeit kam, dass die Nüsse reif waren, da besuchte sie einst ihren guten Freund, den Hund. Nachdem sie sich ein Weilchen über das Wetter und die schlechten Zeiten unterhalten hatten, sagte die Schildkröte:

»Lieber Freund, die Nüsse des Tigers sind reif, hättest du nicht einmal Lust, einige zu versuchen?«

»Ich will dir offen gestehen«, sagte der Hund, »dass ich längst Lust verspüre, und wenn du mitkommst, so bin ich jeden Augenblick bereit.«

»Gut«, sagte die Schildkröte, »so wollen wir gleich morgen hingehen, aber sehr früh müssen wir uns auf den Weg machen, und da das Frühaufstehen meine schwache Seite ist, so ist es wohl am besten, du kommst und weckst mich.«

Und damit ging sie nach Hause.

Am nächsten Morgen zur bestimmten Zeit pochte es an ihre Tür.

»Ich komme«, rief die Schildkröte, nahm ihre alte Tasche unter den Arm und ging. Ein Stückchen gingen sie schweigend nebeneinander her, dann sagte die Schildkröte auf einmal:

»Eins wollte ich noch bemerken, es kommt manchmal vor, dass einem eine Nuss auf den Kopf fällt, was einigermaßen weh tut. Da musst du mir nun fest versprechen, nicht zu schreien, sondern den Schmerz zu verbeißen und nur vor dich hin zu sprechen: ›*Hm! hm! hm! makekembe ma motu la motu ma!*‹«

»Wie werde ich schreien! Denkst du denn, dass ich nicht weiß, dass der Tiger Ohren hat? Er würde wohl nicht lange auf sich warten lassen und uns beide töten.«

»Ja«, sagte die Schildkröte, »du könntest dich am Ende noch retten, weil du so tüchtig laufen kannst, aber ich Arme; mit meinen kurzen Beinen komme ich nicht so schnell vorwärts, mich würde er unfehlbar bekommen.«

»Sei ohne Sorge«, sagte der Hund, »ich schreie gewiss nicht.«

So waren sie unter dem Nussbaum angekommen. Da lagen nun viele schöne Nüsse, und die Schildkröte war emsig dahinter, sie in ihre Tasche zu sammeln. Auch der Hund sammelte und wusste sich vor Freuden kaum zu lassen, wenn er immer wieder welche fand. In den tollsten Sprüngen umkreiste er den Nussbaum; die Schildkröte hatte ihre liebe Not, ihn in Ordnung zu halten.

Eben kam er wieder auf sie zugestürzt, um ihr einen neuen Vorrat von Nüssen zu zeigen, da raschelte es in den Zweigen, und pick! – da fiel eine Nuss auf den Rücken der Schildkröte. Diese ließ sich nicht im Sammeln stören, sondern sagte gelassen ihr *hm! hm! hm! makekembe ma motu la motu ma.*

»Siehst du«, sprach sie danach zum Hund, »nun hast du's gehört, man kann es ganz gut aushalten.«

»Natürlich«, erwiderte der Hund und sprang davon. Nach einem Weilchen raschelte es wieder in den Zweigen, und wieder fiel eine Nuss vom Baum herab. Diesmal aber traf sie genau auf den Kopf des Hundes.

»*Hai! hai! hai!*«, schrie der Hund, warf seine Tasche weit fort und lief spornstreichs nach Hause.

»Ach du liebe Zeit«, sagte die Schildkröte ganz erschrocken, denn schon hörte sie den Tiger kommen. Sie hatte zum Glück noch so viel Besinnung, sich unter dem trockenen Laub zu verbergen. Der Tiger kam und fand sogleich die Tasche des Hundes.

»Ha, ha, also Nussdiebe«, sprach er zornig, »das sollt ihr büßen!«

Nun begann er zu suchen, aber er konnte nichts entdecken und wollte schon umkehren; da kam ein schwarzweißes Vögelein geflogen, setzte sich auf den Nussbaum und sang:

»Unterm Laub, Tiger, unterm Laub!«

Der Tiger fing von neuem an zu suchen.

Der Schildkröte lief es immer ganz eiskalt über den Rücken, und tiefer und tiefer verkroch sie sich, aber immer lauter sang der Vogel:

»Unterm Laub, Tiger, unterm Laub!«

Den Tiger verdross sein vergebliches Suchen zu sehr, und er meinte, der Vogel wollte ihn nur anführen, darum nahm er in seinem Zorn ein Stück Holz und warf damit nach dem Vogel. Dieser hüpfte aber flink auf einen anderen Zeig, und das Stück Holz klopfte nur einige Nüsse aus ihren Hülsen und fiel dann wieder zu Boden.

Die Schildkröte war unterdessen unter die Wurzeln des Nussbaums gekrochen und glaubte sich schon ganz sicher, als der Vogel wieder zu singen begann:

»Unterm Baumstamm, Tiger, unterm Baumstamm!«

Als das der Tiger hörte, kam er gerade auf den Nussbaum

zu, nahm vorsichtig das trockene Laub weg und sah unter die hohlliegenden Wurzeln und gerade der Schildkröte ins Gesicht.

»Also du bist der Dieb«, schrie der Tiger sie an, nahm eine Tasche – er hatte deren zwei über der Schulter hängen – und wollte die Schildkröte eben hineinstecken, da sagte sie:

»Lieber Freund, nicht in deine schöne neue Tasche stecke mich; nimm die andere, die ist älter und weniger schön; sieh doch nur, wie schmutzig ich bin, wie würde ich dir die Tasche doch gleich verderben.«

»Da hast du recht«, bemerkte der Tiger, damit steckte er sie in die alte Tasche hinein und lief mit ihr ab. Die Schildkröte aber hatte nur aus Schlauheit diesen Vorschlag gemacht; sie wusste recht gut, dass die alte Tasche an einer Ecke sehr schadhaft war und dass sie mit wenig Mühe die Bambusfäden auseinanderziehen könnte. Sie machte sich auch gleich an diese Arbeit und war sehr froh, als sie auf das weiche Gras niederfiel. Ihr Nussbeutel aber, und alles von Erde, Schmutz und Staub, was sie an sich gehabt hatte, war in der Tasche geblieben, »damit sie dem Tiger nicht auf einmal so leicht wird«, sagte lachend die Schildkröte und ging heimwärts, ruhte sich ein Weilchen, um sich vom gehabten Schreck zu erholen, und ging dann zu ihrem Freund, um ihm ihre Meinung über sein Benehmen zu sagen.

Auch der Tiger war zu Hause angekommen und gab sofort den Befehl, Wasser aufs Feuer zu stellen. Einen seiner Söhne sandte er aus und ließ alle Freunde und Bekannte zu einem Feste laden:

»Sag ihnen nur, ich habe die Schildkröte beim Nüssestehlen ertappt, und wir wollen sie nun gemeinsam verzehren.«

Der Sohn ging und die Gäste kamen. Als das Wasser

brausend kochte, öffnete der Tiger mit vieler Würde seine Tasche. Aber wer beschreibt sein Entsetzen, die Schildkröte war nicht da, und in größter Verlegenheit durchwühlte er die Nüsse und das Laub. Da fielen die Nüsse prasselnd durch das Loch auf den Boden, und er wusste nun ganz genau, auf welche Art ihm sein Fang abhandengekommen war. Keines der geladenen Tiere konnte sich des Lachens enthalten, ja, einige behaupteten sogar, der Tiger hätte nichts anderes gewollt als sie zu betrügen. Und unter allerlei Spott- und Hohnreden entfernten sie sich. Dem Tiger war ganz abscheulich zumute, er kroch auf sein Lager, und seine Söhne dachten, dass er seinen Ärger verschliefe. Sie irrten sich aber, denn der Tiger hatte nur die Augen geschlossen, um erst ungestört auf Rache sinnen zu können.

Die Freundschaft des Hundes und der Schildkröte war durch dieses Ereignis nicht im Geringsten gestört; sie besuchten sich nach wie vor und sprachen öfter von ihrem missglückten Abenteuer. Der Hund hielt bei dieser Gelegenheit gern längere Reden über den »plötzlichen Schreck«, und einmal sagte er:

»Wenn mir zum Beispiel heute eine Nuss auf den Kopf fiele, ich würde keinen Laut von mir geben und mich ebenso wie du mit einem *hm! hm! hm! makekembe ma motu la motu ma* beruhigen.«

»Wenn das ein Wort wäre«, sagte die Schildkröte, »so kann ich dir nur sagen, dass ich nicht übel Lust verspüre, einen zweiten Versuch zu wagen, aber wenn ich es nur ganz gewiss wüsste, dass du nicht wieder schreist; diesmal würde keine List helfen – der Tod wäre uns sicher.«

»Es ist hart, dass du mir keinen Glauben schenkst«, sagte der Hund und sah ganz bekümmert aus.

Dies tat der Schildkröte nun leid, sie reichte ihm die

Hand und versprach ihm, gleich am nächsten Morgen den Gang mit ihm zu wagen. Und richtig, schon die ersten Sonnenstrahlen sahen die beiden zum Nussbaum wandern. Die Schildkröte hatte sich diesmal eine recht große Tasche von einer Bekannten geborgt, in diese wollten sie beide sammeln. Sie fanden auch Nüsse genug, und die Schildkröte machte eben eine kleine Pause im Sammeln, als das bekannte Surren im Nussbaum losging, und im selben Augenblick fiel die Nuss dem Hunde auch schon auf den Rücken. Mit lautem Geheul machte er sich aus dem Staube, und gleich darauf fühlte sich die Schildkröte vom Tiger ergriffen. Er war so außer sich vor Freude, dass er sie gar nicht zu Worte kommen ließ – er stürzte förmlich nach Hause und kam ganz außer Atem an. Der Hund war gerade nicht sehr weit gelaufen und sah aus der Ferne, wie der Tiger die Schildkröte in seine neue Tasche steckte. Er hatte ein sehr böses Gewissen und bedachte sich ernstlich, wie er seine Dummheit wiedergutmachen könnte. Er musste die Schildkröte auf irgendeine Art retten, das war ihm klar, aber auf welche, das wollte ihm durchaus nicht einfallen.

»Ich will zu einem Zauberer gehen«, dachte er endlich und machte sich sogleich auf den Weg. Der Zauberer war zu Hause und wusste auch gleich guten Rat. Er holte mehrere lange Ketten, welche aus aufgezogenen Muscheln bestanden, auch eine Menge großer und kleiner Glocken legte er dazu und allerlei Geräte, die klirren und leicht Lärm verursachen. Mit all diesen Sachen behängte er den Hund, so dass er nicht mehr zu erkennen war. Zuletzt band er ihm noch eine große Pauke um und gab ihm Paukenschlegel in die Hand. Als er ihn so ausgerüstet hatte, sprach er:

»Nun setz dich und höre mir genau zu. Du gehst nun gleich so, wie du bist, zum Fluss hinunter und versteckst dich in demselben. Es wird nicht lange dauern, dann werden sie kommen, um Wasser zu holen; denn ich weiß, dass der Tiger keins im Hause hat. Sobald du sie nun von ferne erblickst, setzt du dich zum Sprunge bereit; kommen sie nun ganz nahe, so springst du los und bellst und schüttelst dich und gebärdest dich wie ein Unsinniger. Dann wird niemand wagen, selbst der Löwe nicht, Wasser zu schöpfen, und deine Freundin wird dadurch Gelegenheit finden zu entschlüpfen.«

Dies gefiel dem Hund ganz außerordentlich, ja, er war so sehr erfreut, dass er dem Zauberer um den Hals fallen wollte. Dieser aber wehrte ihn lachend ab und trieb ihn an, zum Fluss zu eilen.

Unterdessen war also der Tiger mit seiner Gefangenen zu Hause angekommen. Die arme Schildkröte hatte in großer Angst noch einmal versucht, den Tiger zu überlisten, indem sie ihn wieder bat, sie in die zerrissene Tasche zu stecken und die gute neue zu schonen.

»Binde das Loch fest zu«, so sagte sie zu ihm, »ich will gewiss an kein Entfliehen denken, mir ist so sehr schlecht zumute, dass ich für nichts aufkommen kann.«

»Tu, was du willst«, sagte der Tiger, »die neue ist mir sicher, und dass du nicht entfliehen willst, glaube ich dir nicht; aber dass du nicht kannst, dafür lass mich sorgen.«

So waren die Aussichten der Schildkröte sehr schlecht, und sie vernahm mit Grausen, dass der Tiger die Boten beauftragte, nunmehr alle Freunde zu laden und auch den Löwen und den Elefanten nicht zu vergessen. Der Tiger selbst bewachte die Schildkröte aufs sorgsamste, ja, er ging nicht einmal seinen Gästen entgegen, sondern wartete, bis sie alle beisammen waren. Nun erst stellte es sich heraus, dass kein Wasser in den Krügen sei.

»So müssen die Söhne schnell gehen und welches schöpfen«, sprach der Tiger. Auch sorgte er dafür, dass ein helles Feuer prasselte. Die Schildkröte ging von Hand zu Hand; jeder wollte sie sehen. Immer wieder wurde der Tiger um ihren Fang befragt. Eben war er wieder dabei, die Geschichte so breit als möglich zu erzählen, als seine Söhne mit lautem Geschrei ins Haus stürzten. Sie beruhigten sich auch gar nicht wieder, sondern schrien immer lauter, es sei etwas im Fluss gewesen, das wäre so schrecklich, dass sie vor Angst zu sterben glaubten.

»Welcher Unsinn«, sprach der Tiger, ließ die Söhne schreien und bat einige seiner nächsten Freunde, doch hinzugehen und Wasser zu schöpfen. Es währte aber gar nicht lange, da kamen auch diese ganz entsetzt zurück und bestätigten die Aussage der Söhne. Da stand der Löwe auf und sprach stolz:

»So werde ich dir Wasser holen!«

Darauf winkte er dem Hasen und ließ sich die Flaschen und Krüge von demselben anbinden. Aber in kurzer Zeit kam auch er bebend und mit gesträubter Mähne zurück. Als sie ihn so von weitem erblickten, befiel sie alle eine große Angst, welche noch größer wurde, als sie den Bericht des Löwen vernommen hatten.

»In meinem ganzen Leben ist mir so etwas noch nicht vorgekommen«, so erzählte der Löwe. »Es kann nur mit Zauberei zugehen, denn was ich sah und hörte, war kein Tier und nicht die Stimme eines Tieres, nein, das war etwas Entsetzliches, das mit solcher Gewalt daherkam, dass ich vor Schreck zu Boden stürzte; aber ich raffte mich gleich wieder auf und entfloh glücklich, obgleich das Untier mich noch lange verfolgte.«

»Aber ich bitte dich«, sprach da der Elefant, »was soll das

denn sein? Ich habe mich noch nie gefürchtet und tue es auch heute nicht, und keiner könnte mich bewegen, jetzt dem Fluss fern zu bleiben.«

»So geh!«, sprach zornig der Löwe, und der Hase sprang hinzu, um dem Elefanten die Krüge anzubinden. Als er sie nun vom Löwen forderte, wendete dieser ihm grollend den Rücken; denn er hatte sie alle auf der Flucht zerbrochen. Der Elefant aber sprach lachend zum Hasen:

»Wozu soll ich Krüge tragen, habe ich nicht meinen Rüssel?«

Und damit trabte er gemächlich ab.

Die Zurückbleibenden erwarteten mit größter Spannung seine Rückkehr. Ja, er kam zurück, aber sein gewaltiges Trompeten kündete ihnen schon von ferne an, dass er außer sich vor Zorn war, und als er nun vor ihnen stand, da war er furchtbar anzusehen, dass sie jetzt alle fest davon überzeugt waren, dass ihnen Tod und Verderben am Flusse drohten, falls sie es noch wagen wollten, hinzugehen. Aber der Tiger war ganz rasend vor Wut. Alle sprachen jetzt untereinander von dem schrecklichen Ungeheuer; jeder beschrieb es, wie er es gesehen hatte – nur der Tiger ganz allein hatte nichts gesehen. Er beschloss bei sich, alles daran zu setzen, um auch zum Fluss zu kommen. Wenn er nur nicht so große Angst gehabt hätte! Aber da fiel ihm etwas ein. Er trat mitten unter seine Gäste und redete sie folgendermaßen an:

»Liebe Freunde, ich danke euch, dass ihr gekommen seid, und dass ihr alle bereit gewesen seid, mir zu helfen; auch glaube ich es euch ganz felsenfest, dass dort im Fluss ein uns unbekanntes Tier ist, welches schrecklich anzusehen ist und euch, meine Freunde, so sehr erschreckt hat. Aber ich denke, nun kennt ihr es alle und seid auf sein Erscheinen vorbereitet, darum möchte ich euch den Vorschlag machen, dass wir alle zusammen zum Fluss hinuntergehen und in Gemeinschaft versuchen, das Tier zu fangen und zu töten.«

Nach dieser langen Rede entstand ein Gemurmel unter den Tieren; sie überlegten es sich, ob sie den Gang nochmals wagen sollten; aber endlich entschieden sich einige für das Wagnis, die andern folgten zögernd, und bald sah man die ganze Gesellschaft dem Flusse zustreben; voran der Elefant und der Löwe, hinter diesen, sich möglichst verbergend, der Tiger. Vergessen war die Schildkröte und die neue Tasche. Nur ein Gedanke beherrschte sie alle, nämlich der:

»Was werden wir am Flusse erleben!«

Als das letzte Tier zum Hause hinaus war, machte sich auch die Schildkröte auf den Weg, aber auf einen anderen – sie war nicht neugierig auf das Abenteuer, ahnte sie doch längst, dass der Hund sich eine List ersonnen hatte, um sie zu befreien. Als sie so gemächlich einherwandelte, gedachte sie mit rechter Sorge ihres Freundes, denn sie sagte sich mit Recht, dass es ihm gewiss ein Leichtes gewesen sein würde, jeden einzelnen zu erschrecken und fortzuscheuchen, dass es aber wohl seine Schwierigkeiten haben würde, den ganzen Zug anzuführen; und wehe ihm, wenn sie ihn erkannten. Aber diese Sorge war umsonst, denn als sie jetzt in den Waldweg zu ihrer Wohnung einbog, kam ihr der Hund schon entgegen. Er hatte sich, als er sie alle ankommen sah, eiligst fortgemacht, in der Hoffnung, dass die Schildkröte den rechten Augenblick zur Flucht wohl schon gefunden hätte.

Als sich die beiden so plötzlich gegenüberstanden, war ihre Freude sehr groß.

Der Hund sprach leise:

»Verzeih, gute Tante!«

Sie aber wehrte ihm und antwortete:

»Lass gut sein, du hast dich als treuer Freund bewiesen, aber Nüsse wollen wir nicht mehr zusammen stehlen.«

Der Tiger und seine Gesellschaft waren sehr erstaunt, als alles am Fluss ruhig blieb; sie kehrten sehr enttäuscht mit dem lachenden Tiger um. Dieser aber hörte auf zu lachen, als er zu Hause die leere Tasche fand. So ging die Gesellschaft sehr unmutig auseinander, und einer gestand es dem andern, nichts sollte ihn so leicht wieder bewegen, beim Tiger zu Gaste zu gehen.

Zu dieser Ausgabe

Es wurde versucht, den Ursprung der Märchen möglichst genau wiederzugeben, allerdings stimmen die Sprachgrenzen nicht immer mit den heutigen geographischen Grenzen überein, sodass ein Märchen der Fang, wie z. B. *Akulenzame*, nicht nur in Äquatorialguinea verbreitet ist, sondern vereinzelt auch in Gabun und Kamerun.

Die Orthographie der Druckvorlagen wurde behutsam modernisiert; bewahrt wurden Schreibeigentümlichkeiten der Übersetzer. Insbesondere modernisiert wurden Präteritumformen von ›fragen‹ sowie die Interpunktion bei wörtlicher Rede. Getilgt wurde auch der Apostroph bei Zusammenziehungen von Präposition und Artikel (»für's«).

Verzeichnis der Texte und Druckvorlagen

Von Krokodilmännern und Waldgeistern – Zentralafrikanische Märchen

Die Erzählung von Ngurangurane, dem Krokodilmann – Der Gaukler der Ebene und andere afrikanische Legenden. Hrsg. und übers. von Carl Einstein. Frankfurt a. M.: Fischer, 1983. S. 26–30.

Der Tod des Krokodils – Der Gaukler der Ebene und andere afrikanische Legenden. Hrsg. und übers. von Carl Einstein. Frankfurt a. M.: Fischer, 1983. S. 30–32.

Akulenzame, der Mann mit dem Sack – Der Gaukler der Ebene und andere afrikanische Legenden. Hrsg. und übers. von Carl Einstein. Frankfurt a. M.: Fischer, 1983. S. 48–56.

Jintalmas Verwandlung – Märchen aus dem Tschad. Hrsg. und übers. von Hermann Jungraithmayr. Düsseldorf/Köln: Diederichs, 1981. S. 93–97. – © 1981, Diederichs, München, in der Penguin Random House Verlagsgruppe GmbH.

Das Licht – Der Gaukler der Ebene und andere afrikanische Legenden. Hrsg. und übers. von Carl Einstein. Frankfurt a. M.: Fischer, 1983. S. 96 f.

Vom Ursprung der Bruderschaften Buyangwe, Kabwala, Balumba – Der Gaukler der Ebene und andere afrikanische Legenden. Hrsg. und übers. von Carl Einstein. Frankfurt a. M.: Fischer, 1983. S. 107–111.

Von Engeln und Sonnenaufgängen – Nordafrikanische Märchen

Die Tochter des Engels – Wundersame Geschichten von Engeln. Gesammelt und übertragen von Felix Karlinger. Frankfurt a. M.: Insel Verlag, 1989. S. 112–118. – © Insel Verlag Frankfurt am Main 1989.

Die Fabel von dem Königssohn Safudu Kwaku – Afrikanische Märchen. Hrsg. und übers. von Carl Meinhof. München: Diederichs, 1991. S. 198 f.

Der Faris – Märchen aus Kordofan. Hrsg. von Leo Frobenius. Jena: Diederichs, 1923. S. 179–192.

Von Stärke und Weisheit – Südafrikanische Märchen

Sabulana, die Freundin der Götter – Afrikanische Märchen. Hrsg. und übers. von Carl Meinhof. München: Diederichs, 1991. S. 82–86.

Das Weisheitskrämerchen und der kundige Blinde – Reineke Fuchs in Afrika. Fabeln und Märchen der Eingebornen. Nach Originalhandschriften der Grey'schen Bibliothek in der Kap-Stadt und andern authentischen Quellen. Hrsg. von Wilhelm Immanuel Heinrich Bleek. Weimar: Hermann Böhlau, 1870. S. 66–70.

Der Tausendkünstler der Ebene – Afrikanische Märchen. Hrsg. und übers. von Carl Meinhof. Erw. Neuausg. Reinbek bei Hamburg: Rowohlt, 1993. S. 121–131.

Das Mädchen, das nichts behalten konnte – Märchen aus Namibia. Volkserzählungen der Nama und Dama. Hrsg. und übers. von Sigrid Schmidt. Düsseldorf/Köln: Diederichs, 1980. S. 199–202. – © 1980, Diederichs, München, in der Penguin Random House Verlagsgruppe GmbH.

Von Schicksalen und reinen Herzen – Westafrikanische Märchen

Der Priester und der Heide – Reineke Fuchs in Afrika. Fabeln und Märchen der Eingebornen. Nach Originalhandschriften der Grey'schen Bibliothek in der Kap-Stadt und andern authentischen Quellen. Hrsg. von Wilhelm Immanuel Heinrich Bleek. Weimar: Hermann Böhlau, 1870. S. 177–182.

Die ungehorsame Tochter – Reineke Fuchs in Afrika. Fabeln und Märchen der Eingebornen. Nach Originalhandschriften der Grey'schen Bibliothek in der Kap-Stadt und andern authentischen Quellen. Hrsg. von Wilhelm Immanuel Heinrich Bleek. Weimar: Hermann Böhlau, 1870. S. 167 f.

Die Wahl des Handwerks – Reineke Fuchs in Afrika. Fabeln und Märchen der Eingebornen. Nach Originalhandschriften der Grey'schen Bibliothek in der Kap-Stadt und andern authentischen Quellen. Hrsg. von Wilhelm Immanuel Heinrich Bleek. Weimar: Hermann Böhlau, 1870. S. 171–175.

Abend und Morgen – Der Gaukler der Ebene und andere afrikanische Legenden. Hrsg. und übers. von Carl Einstein. Frankfurt a. M.: Fischer, 1983. S. 23 f.

Von Familien und Heiligen – Ostafrikanische Märchen

Die Geschichte von dem menschenfressenden Ungeheuer und dem Kinde – Afrikanische Märchen. Hrsg. und übers. von Carl Meinhof. Erw. Neuausg. Reinbek bei Hamburg: Rowohlt, 1993. S. 394–398.

Imana und der habgierige Sebgugugu – Afrikanische Märchen. Hrsg. und übers. von Carl Meinhof. München: Diederichs, 1991. S. 47–52.

Das Märchen von der verlorenen Schwester – Afrikanische Märchen. Hrsg. und übers. von Carl Meinhof. München: Diederichs, 1991. S. 29–31.

Zwei Freunde – Afrikanische Märchen. Hrsg. und übers. von Carl Meinhof. Erw. Neuausg. Reinbek bei Hamburg: Rowohlt, 1993. S. 367–370.

Das Wunderkind – Märchen aus Äthiopien. Hrsg. von C. Detlef G. Müller. München: Diederichs, 1992. S. 154–165. – © 1998, Diederichs, München, in der Penguin Random House Verlagsgruppe GmbH.

Von Nussdieben und gefräßigen Hyänen – Afrikanische Tiermärchen

Die Hungersnot – Reineke Fuchs in Afrika. Fabeln und Märchen der Eingebornen. Nach Originalhandschriften der Grey'schen Bibliothek in der Kap-Stadt und andern authentischen Quellen. Hrsg. von Wilhelm Immanuel Heinrich Bleek. Weimar: Hermann Böhlau, 1870. S. 87–92.

Für-Euch-Alle – Reineke Fuchs in Afrika. Fabeln und Märchen der Eingebornen. Nach Originalhandschriften der Grey'schen Bibliothek in der Kap-Stadt und andern authentischen Quellen. Hrsg. von Wilhelm Immanuel Heinrich Bleek. Weimar: Hermann Böhlau, 1870. S. 84–86.
Der Elefant und die Schildkröte – Reineke Fuchs in Afrika. Fabeln und Märchen der Eingebornen. Nach Originalhandschriften der Grey'schen Bibliothek in der Kap-Stadt und andern authentischen Quellen. Hrsg. von Wilhelm Immanuel Heinrich Bleek. Weimar: Hermann Böhlau, 1870. S. 21–23.
Der Däumling – Reineke Fuchs in Afrika. Fabeln und Märchen der Eingebornen. Nach Originalhandschriften der Grey'schen Bibliothek in der Kap-Stadt und andern authentischen Quellen. Hrsg. von Wilhelm Immanuel Heinrich Bleek. Weimar: Hermann Böhlau, 1870. S. 104–108.
Die Nussdiebe – Afrikanische Märchen. Hrsg. von Carl Meinhof. München: Diederichs, 1991. S. 171–180.

Die den Kapiteln vorangestellten Mottos stammen aus:

Geschichten und Lieder der Afrikaner. Hrsg. von August Seidel. Berlin: Verein der Bücherfreunde, Schall & Grund, 1896.
- *Redensart* S. 200.
- *Ein altes Lied über die Vergänglichkeit des menschlichen Daseins* S. 336.
- *Eigenlob* S. 118.
- *Sprichwort* S. 323.
- *Sprichwort über treue Freunde* S. 205.
- *Flusspferd-Gesang* S. 173.